「あ…んっ……ぁ……」
「声を出してはいけない」
「だって……くすぐったい……あんっ」

シフォン文庫

とろふわミルキー花嫁修業

～ご主人様とメイド～

水島 忍

集英社

とろふわミルキー花嫁修業
～ご主人様とメイド～

Contents

イラスト／三浦ひらく

第一章

侯爵様のメイド

「いやよっ……絶対いやっ」

ミルキー・オニールは柔らかい薄茶色の長い髪を振り乱して、必死に首を横に振った。

「マイケルと結婚なんて……絶対しません！」

「おまえは、私の厚意を無にするつもりなのか？」

父方の叔父《おじ》、ダンカン・オニールは書斎のどっしりした机についていたが、不機嫌な顔でミルキーを睨《にら》みつけた。傍《かたわ》らの長椅子《ながいす》には彼の息子、つまりミルキーの従兄弟《いとこ》であるマイケルが下卑《げび》た笑いを口元に貼りつけ、だらしない格好で座っている。

「そうじゃありませんっ。でも……結婚なんて……」

机の前の椅子に座ったミルキーはチョコレート色の瞳を曇らせて、なんとかこの窮地《きゅうち》から逃れようとしていた。

ミルキーの三つ年上のマイケルは立派な服を身に着けているが、甘やかされ、どうしようもない青年なのだ。短気で癇癪《かんしゃく》持ち、女たらしで、始終、問題を起こしている。彼を子供の頃から知っているミルキーは、とても結婚相手として考えられなかった。

七歳のときに両親を亡くしたミルキーは、ダンカンに引き取られ、十八歳の今まで育てられてきた。といっても、厄介者《やっかいもの》のような扱いだった。もちろん、引き取ってもらっただけでも、ありがたい。雨露しのげて、おまけに飢えることもなかったのだから。

ダンカンは田舎《いなか》に立派な地所を持つ資産家だ。屋敷と呼んでいいほどの規模の家に住み、使用人は何人も雇っている。この界隈《かいわい》では有力者として認められ、世間には鷹揚《おうよう》な態度を取るのに、ミルキーに対してはずいぶん厳しかった。

ミルキーは家族とはとても言えない。メイドと同じ屋根裏部屋に押し込まれ、マイケルの弟や妹の世話をさせられていた。服も古着で、おまけに丈《たけ》が合っていない。スカートの裾《すそ》が少し短いし、胸も窮屈だった。

もちろん、そんなことを不満に思うのは間違っている。不満ではなく、感謝するべきなのだ。両親は借金を残して死んだのだという。ダンカンはその借金を清算して、ミルキーを引き取ってくれた。だから、その恩を返すためにも、子守りとして働くべきなのかもしれない。

でも……。

血の繋《つな》がりなど、ダンカンやその妻リリー、そしてマイケルにとって、大したことではないのだろうか。もし、ミルキーの両親が健在で、マイケルがミルキーと同じ立場になったとしたら、両親もミルキーも彼にこんな仕打ちはしなかったと思うのだ。

それでも、やはり自分は彼らの家族ではない。厄介者の親戚《しんせき》で、彼らにどう扱われても、文句を言える立場ではなかった。

しかし、結婚だけは嫌だった。そもそも、今まで子守り扱いだったミルキーを、どうして彼らの長男であるマイケルと結婚させようとするのだろう。マイケルは素行がよくないものの、資産家の跡継ぎとして、もっといい縁談があるはずだ。それに、マイケルはまだ二十一歳だ。

男性が結婚するにしてはまだ早すぎる年齢だと思う。

マイケルは長椅子の前にあるテーブルに足をどっかりと乗せ、鼻で笑った。

「おまえみたいな子ネズミを嫁にもらってやるって言ってるんだ。ありがたく思えよ」

彼はいつもミルキーを茶色の子ネズミだと言って、子供の頃からいじめてきた。そんな男と結婚させられるなんて、ありがたいとはとても思えない。

それどころか……絶対嫌なのよ！

ミルキーは涙ぐんだ。

両親を亡くしたときも悲しかった。居心地のよかった家から引き離されたときは淋しかった。親戚に温かく迎えられるどころか、屋根裏部屋の冷たいベッドに寝かされて、これからは働かなくてはならないとリリーに言い渡されたときは、胸を抉《えぐ》られるような気分だった。

だが、マイケルと結婚するのは、それより悲惨《ひさん》なことだ。それくらいは判る。

「わたしを無理やり教会に引きずっていったところで、絶対に誓ったりしないわ！　どんなに脅《おど》されても、登録簿にサインだってしない。あんたなんかと、絶対に結婚しない！」

思わずそう言い返したミルキーだったが、マイケルに威嚇《いかく》するような目つきで睨《にら》まれて、口をつぐんだ。彼は暴力が得意なのだ。相手が女だろうと、お構いなしなのは、よく知っている。

ダンカンは冷ややかな目つきで、ミルキーを見た。

「マイケルと結婚すれば、おまえはここの若奥様だ。どこに不満があると言うのだ？」

「わたしは……このままでいいんです」

マイケルの一番下の妹はまだ五歳だ。あと数年はミルキーが面倒を見ることになるだろう。それまでは、まだ子守りのままでいい。その後は、どこかに働きにいこう。

結婚は……もちろん夢見ていた。王子様のような見目麗《みめうるわ》しい男性と恋に落ちて、たくさんの子供を産んで、幸せに暮らしたいと思っている。

もちろん、それがかなうかどうかなんて、判らないけど。

でも、その夢の相手は、意地悪で自堕落《じだらく》で乱暴者のマイケルなんかじゃないわ。

マイケルはふんと鼻で笑った。

「父さん、ミルキーがその気になるまで、地下室にでも閉じ込めておけばいいよ」

ぞっとするようなことを言われて、ミルキーは顔を強張《こわば》らせた。万が一、彼と結婚したら、逆らうたびにきっとそんな目に遭《あ》うに違いない。

「わ、わたし……仕事がありますから」

ミルキーが逃げ出そうとすると、マイケルが立ち上がり、髪をグイと摑《つか》んできた。ミルキーは髪を押さえながら恐怖と痛みに悲鳴を上げる。このまま、地下室に引きずって連れていかれると思ったからだ。

「やめるんだ、マイケル！　乱暴はいかん」

ダンカンに注意をされて、マイケルは渋々といった様子で手を離した。叔父はミルキーを可愛《かわい》がっているとはとても言えないが、少なくとも乱暴なことは嫌っている。それだけが救いだった。

ダンカンは改めてミルキーに尋ねた。

「どうしてもマイケルと結婚しないと言うんだな？　ここを追い出されても構わないと？」

追い出されたら、行くところはない。もちろんそれは困る。けれども、叔父がそこまでミルキーとマイケルを結婚させたがっているのは奇妙な話だ。

マイケルだって、本当はわたしと結婚したくないはずよ。

なのに……どうして？

ミルキーは不安で胸が締めつけられるような気がした。

とにかく、この話は受けちゃダメよ。よく判らないけど、マイケルなんかと結婚したら、地下室に閉じ込められるだけでは済まないんだから。

そう。結婚したら、妻は夫の所有物になってしまうのよ。そうなったら、叔父様だって、庇《かば》ってくれないかもしれないわ。

死ぬよりつらい目に遭うくらいなら、いっそこの屋敷を出ていったほうがましかもしれない。

ミルキーの頭に、急にそんな考えが浮かんだ。今まで、そんなふうに思ったことはなかった。親戚に子守り扱いされるのが嬉しいわけではなかったが、それでもここは自分の家だと思っていたからだ。他に行き場所はないのだと。

しかし、マイケルとの結婚を選ぶよりは、他の茨《いばら》の道を歩むほうがいい。

ミルキーはそう思い、目を上げたが、ダンカンの非難するような眼差《まなざ》しに遭い、またうつむいた。

「わたし……出ていけとおっしゃるなら……」

小さな声でそう言うと、ダンカンは苛立《いらだ》たしげに溜息をついた。

「判った。それなら、おまえをオーストン侯爵のところにやるぞ。侯爵は新しいメイドを探しているそうだ」

オーストン侯爵……。

メリー村の外れにある森の奥深くにある陰気な屋敷に、その侯爵は住んでいると聞く。村の人達もあまり侯爵について知らないようだ。侯爵は人付き合いが悪く、村には近寄らないし、屋敷の召使いは一様に口が堅いらしいのだ。

だから、侯爵がどんな容姿のどんな人なのか、知られてはいない。そして、そのことが、村人達の想像をかき立ててしまい、侯爵は極悪人のように語られていた。

きっと、人でも殺して、あの陰気な屋敷に閉じこもっているに違いない、と。

でも、侯爵がどんな人なのか、みんな知らないんだもの。噂《うわさ》で語られていることが本当だとは限らないわ。

ミルキーはそれよりマイケルとの結婚から逃れたかった。侯爵が極悪人かどうか判らないが、マイケルが乱暴者であることは間違いないからだ。

ダンカンが言っていることは、恐らく脅しだろうと思う。侯爵のメイドになるのが嫌なら、結婚するしかない。マイケルの花嫁になりますと、叔父は言ってほしいのだ。それこそ、無理やり教会に引きずっていって、誓いの言葉を言わせることはできないのだから。

ミルキーは両手を胸の前で組み、なんとか声を絞《しぼ》り出した。

「判りました……。侯爵様のメイドになります」

マイケルは舌打ちをした。

「おまえに、メイドなんか務まるわけがないさ。メイドの仕事なんか、今までしたこともないくせに」

確かにそうだ。子守りはメイドの仕事よりは楽だ。他の屋敷のことは知らないが、この屋敷のメイドは多くの仕事をさせられていて、いつも大変そうだった。

ダンカンも妙に優しい声で付け加えた。

「侯爵はメイドが少しでも失敗すると、残酷《ざんこく》な仕打ちをするという噂だぞ。だから、誰も働きたがらないんだ。それでもいいのか?」

ミルキーは一瞬迷った。ダンカンの言ったことは村ではもっぱらの噂だ。しかし、ひどい目に遭わされたという証人がいないことも、ミルキーは知っていた。

大丈夫よ……たぶん。侯爵様はそんなにひどい人じゃないはずよ。

ミルキーは自分の都合のいいように思い込もうとしていた。もちろん、不安はあるが、自分には他に選択肢《し》がない。

「……はい」

ミルキーの返事はダンカンを完全に怒らせたらしかった。いきなり突き放すように怒鳴られた。

「それなら、今すぐ荷物をまとめて出ていけ！　つらくなって、マイケルと結婚したくなったら、戻ってくるがいい」

そんなことにはならないわ。

侯爵の屋敷を去ることがあったとしても、マイケルとの結婚を強要するダンカンの許《もと》には、もう戻らないつもりだ。

若い娘は世の中では無力の存在でしかなかった。それに、世間では怖いことがたくさんあるという。しかし、ミルキーはどちらを選ぶかというと、ひとりでなんとか生きていく方法を選ぶだろう。

ミルキーはやっと目を上げた。ダンカンは不機嫌な顔をしていた。

「あの……紹介状を書いていただけないでしょうか？」

ダンカンはじろりとミルキーを睨んだ。だが、引き出しから紙を一枚取り出して、さらさらと紹介状を書いてくれた。

ミルキーはほっとする。紹介状がなければ、侯爵邸で門前払いされるからだ。ひょっとしたら書いてもらえないかと思ったが、自分から侯爵のメイドになれと言ったのだから、紹介状を書かないと言い張ることはできなかったのだろう。

「叔父様には長い間お世話になりました。今までありがとうございます」

つらい目にも遭ってきたミルキーだが、ここに置いてもらった恩はある。ミルキーは礼を言ったものの、ダンカンに野良猫を追い払うような仕草をされた。

「さっさと行くんだ」

ミルキーは溜息をつきつつ、書斎を出た。

とんでもないことになってしまった。けれども、マイケルとの結婚をさんざん拒絶したのだから、もうこの屋敷にはいられない。早く出ていかなければ、ダンカンのいないところで、マイケルに乱暴な振る舞いをされるかもしれない。それは怖かった。

屋根裏の自分の部屋に行くと、荷物はすぐにまとめられた。もっとも、鞄《かばん》など気の利《き》いたものは持っていないので、シーツで自分の衣類と身の回りのものを包むしかなかった。紹介状は大事なので、ドレスのポケットに入れておく。

階段を下りたところで、マイケルがちょうど書斎から出てきた。ミルキーに気づいて、憎々しげにこちらを見ている。

ミルキーは荷物を抱えて、慌てて屋敷を飛び出した。

まるで逃げ出すみたいで、悔しい気もする。けれども、マイケルに殴《なぐ》られたり、地下室に閉じ込められたりするより、逃げたほうがずっと賢いに決まっている。

ああ、叔父様はどうしてマイケルとわたしを結婚させようなんて考えついたの？

しかも、マイケルも嫌々ながらも結婚話を受け入れていた。

その理由は一体……？

ミルキーにはさっぱり判らなかった。


森の中をとぼとぼ歩くのは、淋しいものだ。

ミルキーは包みを抱えて、暗い鬱蒼《うっそう》とした森の中を歩き、オーストン侯爵の屋敷へと向かっていた。

まだ昼間だが、木々が生い茂っていれば、暗いのは当たり前だ。不安なのは、この森が暗いことではなく、別の理由からだろう。侯爵が自分をメイドとして雇ってくれるかどうかも判らないのだ。

紹介状を書いてもらえて、本当によかった。少なくとも、侯爵の屋敷から追い出されて、行き場がなくなればいいとは、さすがの叔父も思っていなかったということだろう。メイドとして一度働いてみれば、そのつらさが判るから、マイケルとの結婚に同意するに違いないと思われているのだ。

確かに、ミルキーは今まで家族ではなく、使用人のような扱いを受けていたとはいえ、メイドのような雑用はしたことがない。しかし、自分の身の回りのことはなんでもしてきた。そして、オニール家の子供達の面倒も見てきたのだ。

まるっきりお嬢様として暮らしてきたわけではないんだから……。

ミルキーは両親が生きていた頃のことを思い出し、ふっと溜息をついた。

あの頃は、なんの悩みもなかった。ミルキーは両親と共にロンドンで暮らしていた。父は船会社を経営していて、紳士階級ではなかったものの、家は裕福だった。母は少し身体《からだ》が弱かったが、ミルキーを子守りや家庭教師だけに任せずに、面倒を見てくれた。

優しかった母様……。

もちろん、父も優しかった。二人に愛されて、ミルキーは幸せだった。

あの馬車の事故さえなければ。

ミルキーは突然、孤児になった。途方に暮れていたとき、ダンカンがやってきた。そして、葬儀の手配も何もかもしてくれた。だから、ミルキーは彼を頼った。彼は悲しそうに言ったのだ。

『君のお父さんは、君に何も残してくれなかったようだ』と。

あのとき、幼かったミルキーには意味が判らなかった。だが、今なら判る。きっと娘に残す財産がなかったのだろう。裕福に暮らしていたように思えたが、世の中には借金をして贅沢《ぜいたく》をする人がいるという。だから、父もきっと借金があったに違いない。

ダンカンはミルキーを、ロンドンの外れにあった彼の家に連れていってくれた。前はもっと狭い家だった。それから少しして、メリー村に移ってきたのだ。そこには広い屋敷が建っていて、ミルキーはここでなら屋根裏部屋に寝なくていいのではないかと期待した。自分の子供部屋があるのではないかと。

けれども、ミルキーは別の屋根裏部屋に寝ることになっただけだ。子守りをすることも変わらなかった。自分はもうお嬢様ではなく、ただの居候《いそうろう》なのだ。居候は家族ではないから、彼らのために働かなくてはならないのだろう。

叔父様がお父様のように優しく甘やかしてくれるに違いないなんて考えたわたしが、馬鹿だったのよ。

結局のところ、ミルキーは遺産もない孤児だ。叔父の厚意を当てにするのではなく、自分でなんとかしなくてはならない。そうしなければ、マイケルとの結婚が待っている。

ミルキーはマイケルのことを思い出して、ブルブルと身を震わせた。

彼と結婚するくらいなら、やはり侯爵のメイドにでもなったほうがいい。ミルキーはもうお嬢様ではないのだから、やってやれないことはないはずだ。

そうよ！　きっと大丈夫よ。

不安が込み上げてくるが、ミルキーはそれを無理やり胸の奥に仕舞いこんだ。大丈夫と思わねば、まったく縁もゆかりもない侯爵家に出向き、メイドにしてくれなどと、とても頼めないだろう。

こんな暗い森の中を歩くのだって怖いのに……。

そのせいだろうか。ミルキーは自分の後ろから誰かがついてくる足音が聞こえるような気がしていた。

ううん、気のせいよ、絶対。

誰がわたしの後をつけるっていうのよ。そんなこと、あり得ないわ。

そう思いつつも、ミルキーは足を速めた。足音も速くなり、徐々に近づいてくる。気のせいなんかではない。やはり、誰かがミルキーの後をつけているのだ。理由は判らないが、とにかく怖くてたまらない。

ミルキーは包みを抱えたまま、駆け出した。すると、後ろからぐいと強い力で腕を摑《つか》まれて、ミルキーは包みを取り落としてしまった。後ろを振り向きたくないが、腕を引っ張られれば、そういうわけにはいかない。

そこには、二人の青年がいた。確かマイケルの友人達だ。二人とも、マイケルと同じように甘やかされた裕福な家の息子で、メリー村の酒場に入り浸っていた。今日も昼間だというのに、酒の臭《にお》いをさせている。彼らの楽しみは村娘をからかったり、弱い者いじめをすることだった。

「何をするのっ？　手を放して！」

ミルキーは男の手を振り払った。だが、すぐに摑まれて、引き寄せられる。男の酒くさい臭いに、顔をしかめた。

「やめてよ……。マイケルに頼まれたの？」

「マイケル？　あいつは関係ないさ」

ミルキーの腕を摑んでいる男があっさりとそう答える。本当だろうか。結婚を拒絶されたマイケルは、ミルキーに馬鹿にされたと思ったはずだ。

「じゃあ、どうして……」

「俺ら、前からおまえのことが気になってたんだよ」

もう一人の男はミルキーを抱きかかえ、茂みのほうに連れていこうとする。

「やぁあっ……何するの！」

ミルキーはもがいたが、酔っ払いとはいえ、二人の男に抱えられてしまっては、容易に逃げられない。彼らがよからぬことを企《たくら》んでいるのは判るから、ミルキーは大きな悲鳴を上げた。

「誰かぁぁ……！　助けてぇぇ！」

けれども、自分の声は森の中に吸い込まれていくようだった。この森の中の小道は、あまり村人が行き来するような道ではない。いくら悲鳴を上げたところで、誰かが来てくれる可能性は低かった。

男達はそれを知っていて、森の中に入っていくミルキーを見て、途中で襲ってやろうと計画したに違いなかった。

「いやよっ！　いやぁぁっ！」

「おとなしくしろ！」

ミルキーの声が癇《かん》に障《さわ》ったのか、馬乗りになってきた男に平手で顔を叩かれた。痛みと衝撃で、思わず口を閉じる。涙が目に溜まる。それでも、おとなしくなるわけにはいかなかった。

必死で抵抗していたが、もう一人の男に両手を押さえられる。

ミルキーの上に馬乗りになっている男に、いきなり胸を両手で掴まれた。

「痛い……！」

ミルキーは顔を歪ませた。涙が目から溢《あふ》れ出る。

身体は細いのに、胸は大きいほうだ。身体に合っていない小さい古着を着ているから、余計に目立ってしまっている。村ですれ違う男性などに、胸をじろじろ見られていることがあり、ミルキーはそれを気にしていた。

ああ、こんなに目立つ胸でなければよかったのに……！

そうしたら、こんな男達の興味を引かずに済んだのだ。

ミルキーは男の手で胸を揉《も》まれて、吐き気を催《もよお》していた。必死で脚をばたつかせても、どうにもならない。男はミルキーのドレスの胸元を掴むと、そこを引き裂いた。

ミルキーは再び悲鳴を上げた。

すると、犬の吠え声がそれに呼応するように聞こえてきた。はっと男は手を止める。犬の吠え声は近づいてきて、馬の蹄《ひづめ》の音も一緒に聞こえてくる。男達が舌打ちをして、立ち上がろうとしたそのとき、茂みの中に犬が飛び込んできた。

大きな黒っぽい犬だった。

アイリッシュ・ウルフハウンドだわ。

子供の頃に一度見たことがある。仔馬ほどの巨大な犬で、男達に歯を剝《む》き出《だ》しにして、唸《うな》っている。ミルキーは草叢《くさむら》の中で起き上がり、胸元を押さえながら震えていた。

「あっち へ行け！　しっ、しっ！」

男達は落ちている枝を持ち、追い払おうとしたが、犬に激しく吠えたてられる。犬は男達に向かって、今にも飛びかかりそうだった。こんな大きな犬に嚙まれたら、ただでは済まないだろう。

「おまえ達、何をしているんだ？」

馬の足音が近づき、その馬に乗っている男の鋭い声がした。一瞬、犬の吠え声が途絶え、その隙《すき》にミルキーを襲っていた男達は一目散に逃げ出した。犬は吠えながら、その男達の後を追いかけようとする。

「ヒュー！　こっちへ来い！」

飼い主に呼び戻されて、犬は吠えるのをやめて、嬉しそうに尻尾《しっぽ》を振って戻ってきた。

馬から降りた男は、茂みの中に足を踏み入れた。そこに座り込んで震えているミルキーを見つめて、大きく目を瞠《みは》る。

「あいつら、密猟でもしているかと思ったが、とんでもないことをしていたようだな」

彼はすらりとした長身の若い男性だった。年齢は二十代後半くらいだろうか。艶《つや》やかな黒い髪と鋭い銀灰色の瞳、貴公子のような整った容貌《ようぼう》の持ち主で、仕立てのいい乗馬用の服とブーツを身に着けている。ミルキーは彼に目を奪われ、口も利《き》けなかった。

この辺りでは見かけない人だわ。

この村の近隣には何人もの広い地所を持つ地主がいる。そこの客人かもしれない。どのみち、子守りが仕事だったミルキーには、素敵な男性と知り合う機会などなかったが。

彼の視線はミルキーが手で押さえている胸元に注がれている。押さえてはいるものの、ドレスが破れていることは判るだろう。白い胸のふくらみはかなり見えてしまっていた。

無遠慮《ぶえんりょ》に見つめられて、ミルキーは頬《ほお》がカッと熱くなってきた。

「……あの……助けていただいて、ありがとうございました」

小さな声で礼を言う。まだ身体が震えているせいか、声も震えている。彼はそんなミルキーを冷ややかな目つきで見た。

「本当に助けが必要だったのか？」

「え……？」

どういう意味だろう。茂みに引きずり込まれて、ひどいことをされる直前だったのだ。もちろん助けは必要だったに決まっている。

「つまり、あの男達と楽しむつもりだったなら、邪魔をして悪かったということだ」

一瞬、ミルキーは何を言われているのか判らなかった。しかし、あの男達とふしだらな遊びをするところだったのではないかと言われたことに気づき、猛然と食ってかかった。

「あ、あの人達と……楽しむですって？　そんなこと、あるはずないわ！　一体、あなたは何を考えてるの？」

男は冷ややかにミルキーを見つめた。まるで品定めでもしているような目つきだった。

「それなら、君は助かったということだ。無防備にこんな淋しい森の中を、一人で歩くのはどうかと思うが。散歩でもしていたのか？」

ミルキーはムッとして、彼を睨《にら》みつけた。彼は恩人だが、こちらは礼を言っているというのに、こんな侮蔑《ぶべつ》に近い言葉を投げつけられて、怒らない人間はいないだろう。

「わたしはオーストン侯爵様のお屋敷に行くつもりだったのよ！」

「侯爵の屋敷？　一体、なんの用だ？」

「もちろん、メイドとして働くためによ。侯爵様のお屋敷では、人手が足りなくて困ってらっしゃると聞いたから」

「ほう……。メイドね」

彼はじろじろとミルキーの胸元を見ている。急に男性と二人きりでひと気のない森の中にいることを意識して、ミルキーは頰を赤らめた。あんな目に遭《あ》ったばかりなのだから、もっと危機感を持たなくてはならないと思うのに、何故だか好ましい男性に出会ったかのように胸がときめいてしまっている。

でも、彼はわたしを助けてくれた人なんだから……。あんな乱暴者とは違う。紳士なんだから、少しくらいときめいてもおかしくはないわ。

ミルキーは地面に落ちていた包みを拾い、それで胸を隠した。

「あの……ともかく、助けていただいたことには感謝します。それでは、わたし、これで」

脚を踏み出そうとしたが、犬が自分のほうをじっと睨んでいることに気づく。

やだ、目が合っちゃったわ。

飼い主には忠実かもしれないが、ミルキーには襲ってきそうな雰囲気《ふんいき》がある。今更《いまさら》、目を離したら、飛びかかってくるかもしれない。そう思うと、急に脚がすくんで動かなくなってくる。

彼はミルキーのその様子を見て、ふっと笑った。そして、犬の頭を撫《な》でる。

「怖くない。君を獲物だと勘違いしているわけではないから」

「そ、そうよね……。判ってるんだけど……」

怖くて、犬の傍を通れないなんて、自分でも馬鹿げたことだと思う。それに、ミルキーは犬が好きだ。猫も好き。もちろん馬も好きなのだ。それなのに、仔馬ほどの大きさの犬だからといって、こんなに怖がるのはおかしい。

「なんて名前なの？」

「私はリチャードだ」

「犬の名前を訊いたのよ」

「……ヒューだ！」

彼は苛立《いらだ》たしげに言い放った。が、すぐに自分でもおかしかったのか、口元が笑みの形になる。

笑うと、とても魅力的な顔になるんだわ。

ミルキーはその微笑みにうっとりした。しかし、すぐに我に返った。こんな森の中で男性に見蕩《みと》れているわけにはいかない。早く侯爵の屋敷に行かなくては。日が翳《かげ》ってしまえば、森の中は真っ暗になってしまう。

真っ暗な森の中を想像すると、怖くてたまらない。ミルキーはお化けの類《たぐい》が大嫌いだった。お化けよりは獰猛《どうもう》な犬のほうがずっといい。少なくとも、生き物だからだ。

「おいで、ヒュー」

ミルキーは屈んで、手を差し出した。ヒューは飼い主のほうを窺《うかが》うように見る。彼が頷《うなず》くと、ヒューがゆっくりと近づいてきた。

ヒューはミルキーが触れても、唸《うな》ったりしなかった。遠慮したような尻尾の振り方だが、初対面ならこれで充分だろう。ミルキーはほっとして、ヒューの頭を撫《な》でた。

「ありがとう、助けてくれて」

心を込めて、礼を言う。飼い主に対するより感情がこもっているかもしれないが、それは仕方がない。飼い主がヒューのような態度であれば、ミルキーも怒ったりはしなかったのだ。

「侯爵の屋敷に行くなら、連れていってやろう」

リチャードはそう言うと、ミルキーに近づき、腕を取った。

「えっ、でも、そんなことわざわざしてくださらなくても」

「いいんだ。私の理由があってすることだから」

どういう意味だろう。ミルキーはさっぱり判らず、首をひねった。ひょっとしたら、通り道なのかもしれない。

ミルキーはいきなり身体《からだ》をふわりと抱き上げられた。思わず小さな悲鳴を上げる。しかし、すぐに彼が乗っていた馬の鞍《くら》に乗せられた。

「あ、あのっ……わたし、歩いていくから……」

「馬のほうが速い」

もちろんそうだ。徒歩と馬では、絶対、馬のほうが速いに決まっている。戸惑っていると、彼もまた馬に乗ってきた。ミルキーの後ろだ。

身体が触れ合っている。なんだかドキドキしてきて、ミルキーは手にしていた包みに顔を埋めた。

彼はミルキーを無視したように手を伸ばして、手綱《たづな》を握った。すると、まるで後ろから抱き締められているような格好になる。

こんな格好で侯爵様のお屋敷に行くの？

やはり、歩いていったほうがいいのではないだろうか。乙女《おとめ》が見知らぬ男性の腕に抱かれて馬に乗るなんて、はしたないに決まっている。けれども、今更《いまさら》、降りますとは言いにくい。だったら、最初から乗らなければよかったのだ。

しかも、ドレスの胸元がはだけている。オニール家に戻って、着替えてくるべきなのかもしれない。だが、今更戻るのも嫌だ。ダンカンの気が変わって、ミルキーを地下室に閉じ込めたくなっていたら困る。

ミルキーがあれこれ思い悩んでいるうちに、馬が駆け足になってきた。彼の身体が自分にくっついていることが気になるのに。

彼はこんな状況が気づまりではないのかしら。

ミルキーは早く侯爵の屋敷に着くように、祈ることしかできなかった。

森を抜けると、侯爵の領地だった。そこから少し進むと、侯爵邸が見えてくる。オニール家の屋敷も大きいほうだと思っていたが、さすがに侯爵の屋敷だけあって、堂々とした風格のある石造りの美しい建築様式の建物だった。

「お化けが出ないかしら」

ミルキーの呟《つぶや》きに、リチャードは鼻で笑った。

「まだ子供だな」

「わたしはもう十八歳よ！」

「私より十歳も年下か、お嬢ちゃん」

憤慨《ふんがい》して振り返ろうとして、彼の整った顔がすぐ傍にあるのに気づき、頬を真っ赤に染めて慌てて前を向いた。早く降りてしまいたかったが、馬の背から飛び降りるわけにもいかない。それに、ここまで連れてきてもらったのに、それではあまりにも不作法《ぶさほう》だ。

彼には、ミルキーを送る義理もなかったからだ。たまたま窮地《きゅうち》に居合わせて、救ってくれただけの薄い関係なのに、わざわざ送ってくれたのだから、感謝しなくてはいけない。しかも、彼は紳士で、自分はこれからメイドになるのだ。紳士や淑女《しゅくじょ》の中には、使用人など人間の内には入らないと思っている者もいるというのに、彼はとても親切だった。

リチャードは馬から降りると、ミルキーのウエストを支えて、降ろしてくれる。彼は威圧感があり、辛辣《しんらつ》なことも言うが、きっと根は優しい人に違いない。ミルキーは頬《ほお》を染めたまま、彼を見つめて微笑《ほほえ》んだ。が、彼からは微笑みが返ってこない。

落ち込みそうになったが、結局のところ、彼はミルキーにとって通りすがりの人間に過ぎない。今まで顔も見たことないのだから、これから会うこともないのだろう。

「あの……助けていただいた上に、送っていただいて、ありがとうございました」

彼の表情に、ちらりと笑みが過《よ》ぎる。

「さっきとは違うな。お化けを怖がっていたのに」

やはり、彼は笑うと、とても優しげな印象になる。できれば、ずっと笑っていてほしい。そうしたら、もっと好きになれるのに。

ふと我に返って、ミルキーはそんなことを考えていた自分が恥ずかしくなってくる。好きになったところで、報われるわけではない。

彼は間違いなく紳士で、上流階級の人間なのだ。たとえ、これから先、再び彼と会うことがあったとしても、二人の間には身分の差があった。

だから……彼がどんなに素敵に見えたとしても、好きになってはダメよ。

ただの恩人として、感謝すべきなのよ。

それでも、冷たく見える彼の本性はやはり優しいのかもしれないと思うと、ミルキーは彼に惹《ひ》かれる気持ちが止められなくなっていた。

ミルキーは今まで男性を好きになったことがなかった。もちろん恋には憧れていた。いつかは自分も誰かに恋をして、結婚するのだと。けれども、彼に恋をしたとしても、結婚どころか、片想いになるに決まっている。ただ、それが判っていても、ミルキーの気持ちはすでに彼に傾いてしまっていた。

彼のほうも、ミルキーの顔をじっと見つめている。手を伸ばして、ミルキーの髪に触れようとした。

胸がドキッと高鳴る。だが、直前で彼は手を下ろしてしまった。

そのとき、何者かが小走りに近寄ってくる。この侯爵邸の馬番のようだった。

「お帰りなさいませ、侯爵様」

馬番にそう言われて、彼は頷き、手綱を手渡した。

「……侯爵様……？」

ミルキーは青ざめて、後ずさった。

まさか彼がこの屋敷の持ち主、オーストン侯爵だったなんて！

彼はミルキーが侯爵家のメイド志願であることが判っていて、ここまで馬に乗せてきたのだ。信じられない。彼のほうは何かの冗談のつもりかもしれないが、ミルキーは今まで自分が無遠慮に口を利《き》いていたことを思い出して、真っ青になるしかなかった。

身分違いどころじゃないわ。メイドがご主人様に恋をするなんて……。

ミルキーの恋心は舞い上がった途端、泡《あわ》のように消えてしまっていた。いや、最初からそんなことは判っていた。彼が侯爵でなくても、それは同じことだったのだ。

身分の差は越えられない。それが、この世の中だから。

リチャードはニヤリと笑った。

「私の屋敷でメイドとして働きたいのか?」

ミルキーははっと我に返った。

ボンヤリしている場合ではない。なんとか雇ってもらわないと、どこにも行き場がないのだ。あのマイケルと結婚するか、それともこの意地悪な侯爵のところで働くかのどちらかなのだから、ミルキーには選択肢《し》がないも同然だった。

慌てて背筋を伸ばした。

「はいっ。ぜひ働かせてください!」

白いシーツに包んだ荷物を抱えながら頭を下げた。こんな荷物を持っていること自体、恥ずかしいのだが、これをどこかに置いてしまったら、破れたドレスから乳房のかなりの部分が見えてしまう。

すでに見られてしまったかもしれないが、わざわざ自分から見せたくはなかった。リチャードはわざとのように、じろじろとミルキーに視線を向ける。

「君は働き者のようだな。家政婦に君の部屋へ案内させよう。その変な荷物を置いてくるといい。早速、今日から働いてもらおうか」

「あ、あの……」

「来たまえ。君の言うとおり、ちょうど人手が足りないんだ」

彼はミルキーの腕を取り、屋敷の玄関へと連れていこうとしていた。いくらなんでも、気が早すぎないだろうか。もちろん、雇ってもらえるのはありがたいが。

「紹介状があるんです。それに、わたしはまだ名前も言ってないんですが」

彼は立ち止まり、ミルキーの腕から手を放した。そして、何を考えているのか判らないような眼差《まなざ》しを向けてきた。

「そうだな。名前を聞いてなかった」

メイドとして雇ってもらうために、ミルキーが考えていた手順はまったく逆になってしまっている。そもそも、ミルキーは侯爵に直々に頼むなどということを想定していなかった。家政婦にそういったことを決める権限があると思っていたのだ。

しかし、手順はまったく逆だが、とにかくミルキーは自己紹介をすることにした。

「わたしはミルキー・オニールです」

「……オニール？　確か森の向こうの地所はオニール家のものだ。あのオニール家と関係があるのか？」

「オニール家で子守りをしていました」

ミルキーはポケットに入れていた紹介状を取り出した。村の男に襲われたり、馬に乗ったりしたために、紙はくしゃくしゃになっている。だが、今更、どうしようもないので、それを差し出した。

リチャードはそれを広げて、さっと目を通した。

「確かに子守りをしていたと書いてある。苗字《みょうじ》が同じなのは偶然なのか？」

「……はい」

本当は違うが、ダンカンの姪《めい》だと聞けば、雇ってもらえないかもしれないと思ったのだ。隣人の姪をメイドにするなんて、普通は気まずいだろう。もっとも、この侯爵は少し変わっているようなので、気にしないかもしれないが。

それに、実の叔父《おじ》にどうでもいいような扱いをされていることを知られるのは、なんだか恥ずかしかった。自分が惨《みじ》めに感じられるからだ。

「それならいい。ついてきたまえ、ミルキー」

「はい、侯爵様」

リチャードの後を、ミルキーはついていく。ヒューも尻尾《しっぽ》を大きく振りながら、彼についていくので、なんだか自分と犬が同格であるような気分になってしまった。

ううん。そんなことないわ。彼はメイドを人間扱いしてくれるはず。

そうでなければ、森の中で拾ったミルキーを馬に乗せてくれたりするはずがない。侯爵のメイド志願だと、最初から彼は知っていたのだから。

でも……。

侯爵はひどい人だという噂《うわさ》が流れている。人付き合いが悪い変人なのだという噂も。そもそも、だから、メイドが足りないのではなかったのだろうか。

ミルキーは人を信じやすい性格で、そんなところを、たまにオニール家の子供達やメイドに馬鹿にされたりすることがあった。とはいえ、やはりリチャードを悪い人だとはどうしても思えなかった。

だって、助けてもらったんだもの。彼は優しい人よ。

恋心で目が眩《くら》んでいるわけではない。助けてもらったという事実は変わらないのだ。

玄関の前まで行くと、初老の執事が侯爵のために扉を開けた。白いシーツの包みを胸に抱いたミルキーをちらりと見て、眉《まゆ》を上げたが、表情の変化はそれだけだった。もちろん、誰ですかなどという不躾《ぶしつけ》な質問はしない。

「ウォルター、彼女は新しいメイド、ミルキーだ」

「侯爵様は乗馬に出かけられたのではありませんでしたか?」

つまり、ウォルターは乗馬に出かけたはずなのに、どうしてメイドを連れて帰ってきたのかと言いたいのだろう。

「森の中で拾った。メイドになりたいそうだ」

ウォルターはまた眉を上げた。

「そうですか。彼女のことは家政婦に任せますので」

「ああ、そうしてくれ」

リチャードはミルキーを振り返った。

「ありがとうございます、侯爵様」

「……ああ。しっかり働いてくれ」

彼はそう言うと、階段を上っていった。ヒューは階段の下で飼い主を待つように、お座りをする。

改めてミルキーは屋敷の中を見回した。吹き抜けで、天井には天使の絵が描かれている。壁にも大きな絵がかけてあり、花瓶《かびん》には色とりどりの花が活《い》けてあった。階段には絨毯《じゅうたん》が敷いてあり、上品で繊細《せんさい》な手すりがついている。そして、床は市松《いちまつ》模様の大理石だった。

ミルキーは家政婦のウォルター夫人に紹介された。執事の妻だ。彼女はふくよかな女性で、どっしりと落ち着きがあり、優しげだった。

彼女はミルキーを屋根裏部屋に連れていった。ドレスの胸元が破れているのに驚いているようだったので、ミルキーは森の中であったことを正直に告げた。

「まあ、そうなの。侯爵様は気難しい方ではあるけど、お優しいところもあるからね。ちょうど侯爵様が通りかかって、あなたは幸運だったわね」

「ええ。わたしもそう思います」

本当に幸運だったと思う。それで、こんなにすんなりとメイドになることもできたのだ。

ミルキーはメイドの服をもらい、それに着替えた。紺《こん》色のドレスに、白いエプロンをつける。ヘッドドレスをつければ、メイドの完成だ。

ミルキーは自分の姿を見た。丈《たけ》の短い窮屈《きゅうくつ》な古着より、こちらのほうが何倍もこざっぱりして気持ちがいい。

わたしは今日から侯爵様のお屋敷で働くメイドよ！

昔はお嬢様だったのに、とうとうメイドとなってしまったのだという感傷より、これから頑張ろうという気持ちのほうが、今は大きい。どのみち、オニール家でも家族扱いはされていなかったのだから、メイドになったところで、あまり変わりはない。

ミルキーはウォルター夫人の指示を仰《あお》ぐべく、屋根裏部屋から軽い足取りで下りていった。

リチャードは乗馬服から着替えて、書斎の立派な机についていた。

オーストン侯爵家の領地は英国のあちこちにあり、それぞれの領地についての報告書を読んでいる。傍《かたわ》らの机には秘書がいて、リチャードの口述した手紙を作成していた。これも領地の管理人に送るものだ。

ふと、森の中で拾った娘のことが、頭を過《よ》ぎる。

ミルキー・オニール。

可愛《かわい》い娘だ。ふわふわした髪が柔らかそうで、触れたくてたまらなかった。けれども、自分の屋敷で働くメイドと戯《たわむ》れるわけにはいかない。彼女がどんなに可愛くても、遊びの相手などにしてはいけないのだ。

ドレスが破られて、白い胸の大部分が見えていた。リチャードはそれを頭から追い出そうとするように、頭を振った。

「どうかなされたのですか？」

秘書のジョーンズが心配したように、声をかけてきた。リチャードは思わず咳払《せきばら》いをして、なんとかごまかそうとした。

「いや……。ベルのことが心配で……」

「イザベル様のことですか……。確かに、いろいろ問題があるようですが……」

「家庭教師の言うことを聞かないんだ。母親を亡くしたばかりで、まだ悲しいのは判るが」

ベルは、リチャードの七歳になる姪《めい》だった。ベルの父親のスティーブンは三年前に落馬が原因で亡くなっている。そして、一年前に母親であるリチャードの妹、キャロラインが病に倒れ、天国に旅立ってしまった。

ベルを引き取ったものの、彼女は自分にあまり懐いてくれない。そもそも、キャロラインはスティーブンの地所で暮らしていて、それはリチャードが最近まで暮らしていたロンドンからはかなり遠いこともあって、一年に一度会えればいいほうだった。いくら血が繋《つな》がっているとはいえ、馴染《なじ》みがないのだから、ベルがリチャードに親しみを持っていなくても、仕方ないと思う。

それでも、なんとか仲良くなろうと努力しているのだが……。

彼女はキャロラインによく似ている。だからこそ、彼女の父親代わりになりたいし、大事に育ててやりたいと思っていた。

「やはり、侯爵様がご結婚なさるべきでは？　ベル様の母親代わりになれるような花嫁を娶《めと》ればいいのです」

「そうだな……。それしかないのかもしれないな」

そんな理由で結婚するのは、あまり気が進まない。しかし、いつかは結婚しなければならないのだ。貴族というのは、爵位や領地を継がせる息子が必要だからだ。とはいえ、ベルを我が子のように愛することができる女性でなければ、結婚はできない。

リチャードは溜息をついた。

そんな女性をどうやって見つければいいのだろう。最初はとてもしとやかな雰囲気《ふんいき》の娘達も、本性は違う。爵位や財産目当ての相手と結婚したくはない。

リチャードは亡き父が浮気ばかりしていたせいで、男女の恋愛には懐疑的だったが、少なくとも自分は結婚したら浮気はしないし、相手を大切にするつもりだ。しかし、浮気をするのは何も男ばかりではない。それに、既婚の男性に身を任せる女性がいることで、女もあまり信用できない生き物だと思っていた。そのため、優秀な探偵を雇って、気に入った相手をいろいろ調べさせることもあった。

すると、優しく見えた女性が実はメイドをいじめていたり、おとなしく見えた女性が不満ばかりを口にしていたり、目に余るような欠点があった。

もちろん、人には欠点があるものだ。だから、多少の欠点は目を瞑《つむ》ろうと思っていた。しかし、やはり、リチャードにも許せないものはある。最低限、優しく家庭的な資質を持つ娘でなくてはならない。金遣いが荒かったり、子供より自分が着飾ることのほうが大事だと思うような女性など、絶対に花嫁にしてはいけない。

自分では、大した条件ではないと思うのだが……。

上流階級の女性は、多かれ少なかれ甘やかされている。だから、そんな女性でも我慢しなくてはならないのだろうか。母が自分の気に入る相手を紹介してくることもあるが、結果はみな同じだ。

しかし、やはり、ベルのことがある。ベルを蔑《ないがし》ろにしたり、冷たくするような女性とは絶対に結婚できないが、彼女のためにも、できるだけ早く、理想の花嫁を見つけなくてはならなかった。

「スティーブン様のお兄様のことがありますしね」

リチャードはジョーンズの指摘に顔をしかめた。

スティーブンの兄ヘンリーは、ベルを訪ねて、よくこの屋敷にやってきている。彼女を引き取りたいらしいが、リチャードは首を縦に振らなかった。キャロラインの忘れ形見を、他人に渡したくないというのもあるが、遺言《ゆいごん》ではリチャードが後見人で管財人だからだ。

恐らく、そこがヘンリーには気に食わないのだろう。スティーブンの遺産はすべてベルのものので、彼女が成人、もしくは結婚するまで、管理するのはリチャードだ。リチャードは公正に遺産を取り扱っていて、なんら恥ずべき点はないが、ヘンリーはベルの遺産を狙っている。彼女を引き取れば、遺産をかすめ取ることができるかもしれないと思っているのだ。

もちろん、ヘンリーはそんなことを口に出したりしない。しかし、遠くからやってきて、この屋敷に滞在しては、ベルに取り入ろうとしているのだ。そして、ベルが可愛いから引き取りたいと言ってくる。そんなことをしても、何も変わらないのに。

問題は、ヘンリーには妻がいることだった。未婚の伯父より、既婚の伯父のほうが、ベルにとっていいのではないだろうかと、つい考えてしまうのだ。自分には懐かないベルも、家庭という枠《わく》に収まれば落ち着くかもしれない、と。いや、金目当ての男なんかに、ベルを渡すわけにはいかないが。

キャロラインに約束したのだ。自分がベルを立派に育て上げると。だいたい、ヘンリーはベルにおもちゃをたくさん持ってくるが、結局、ベルが遊ぶのはいつも同じおもちゃで、人形のメアリーだけだ。リチャードにも懐かないが、ヘンリーとその妻にも同じような態度しか取らない。

人形で遊ぶベルは、ますます幼く見えてしまって、余計にリチャードは彼女に話しかけづらくなってくる。もっとベルを娘のように可愛がりたいのに。

結局、幼い少女にどう接していいのか判らないのだ。

「ロンドンに行けば、もっといろんな女性と知り合うことができるだろうな。その中に、ベルの母親にふさわしい女性がいるかもしれない」

リチャードはそう言いつつも、あまり気乗りがしなかった。

ロンドンはあまり好きではない。派手好きな父はこの領地や屋敷が好きではなく、ロンドンにばかりいた。だから、リチャードもロンドンで生まれ育ってきたのだが、父の生活を見ていただけに、自分も同じようなことをしたいとは絶対に思わなかった。

正直なところ、都会にはもう飽《あ》き飽《あ》きしている。父は何より女性が好きだった。愛人を何人もつくり、母を蔑《ないがし》ろにした。母はそんな父と別居し、友人達を大事にすることで、周囲の人の友情と尊敬を得た。リチャードはそんな母と共に暮らし、ロンドンで事業を興した。父に頼りたくなかったからだ。

リチャードは何年もの間、堅実に生きてきた。母のお供で、社交行事には参加したが、大して楽しいと感じたことはなかった。女性に関しては、人並みに欲望はあるものの、決してのめり込まないことにしている。やはり、父とは違う生き方をしたかったからだ。

自分は結婚しても、恐らく女性を愛することはないだろう。適当に距離を保ち、生きていくつもりだ。もちろん、浮気はしない。それだけは絶対にしないと、若い頃から決めていた。

キャロラインがこの世を去った同じ頃に父が亡くなり、侯爵位を継いだリチャードは初めてこの領地に足を踏み入れた。そのとき、感じたのだ。自分が生きていくべき場所はここだと。

確かに屋敷は手入れがされておらず、荒れていた。数人の使用人が掃除《そうじ》をし、建物や庭が荒れ果てないようにしていたものの、補修すべきところが放ってあった。もちろん、管理人が補修しようとしても、父がそのための金を出さなかったのだろうと思う。

父にとっては、ロンドンでの生活がすべてだった。領地やそこに住む借地人、使用人のことは何も考えていなかった。ただ、領地で上がる収益を湯水のように使っていただけだった。もっと、きちんと管理していれば、収益は上がっていたというのに。

リチャードは屋敷を補修し、領地の管理に力を入れている。ただし、今まで放置してすぎていたこともあり、借地人の協力が得られないでいた。メリー村で、自分が極悪な侯爵だと噂されているのは、そのためだと思うのだ。もちろん、状況を無視して、無闇に借地料を上げようとしているわけではない。こちらも、それなりの手助けをした上でのことなのだが、どうも感情的な隔《へだ》たりがあり、上手《うま》くいってなかった。改革を嫌う古い人間はどこにでもいるからだ。

しかし、リチャードは二度とオーストンの名がつくこの領地を蔑ろにする気はない。もっと豊かな領地にしたいと願っている。そのために、ロンドンではなく、できればこの近隣で結婚相手を見つけたいと思っていた。

ベルの母親代わりになってくれるという条件が、第一ではあるが。

容姿は美しいに越したことはないが、それにこだわって、醜《みにく》い性格を見逃したりしたくない。身体《からだ》つきは女らしく柔らかいほうがいいが、それより大事なものは優しさだ。

ふと、馬の背で抱いたミルキーの身体の丸みを思い出した。

ふわふわした茶色の髪。チョコレート色の瞳がきらめいて、絶世の美人ではないが、とても可愛《かわい》らしく、性格も愛らしい。柔らかい身体はもちろん、あの胸のふくらみは思わず触れたくなるほどで……。

リチャードははっと我に返った。

メイドに手を出してはいけない。絶対にダメだ。

父は浮気相手に身分を問わなかった。自分の屋敷で働くメイドにも手をつけ、孕《はら》ませたこともある。彼女は泣きながら、父に襲われたのだと話した。父の言い分は違っていて、どちらが本当かは判らない。結局、彼女はお腹の子を流してしまい、涙に暮れて、故郷に帰っていった。リチャードは父の代わりに、彼女に幾ばくかの金を渡したが、後味の悪い思いしか残っていない。

使用人に手を出す男は恥ずべきだ。もし彼女が父に身体を許したとしても、進んでそうしたかどうかは判らない。雇い主は強い力を持っている。メイドの立場からすれば、断って、屋敷を追い出されたら、行くところがなかったに違いない。それを考えれば、メイドを誘惑した父が絶対悪い。

だから、リチャードは女と遊ぶときも、相手には気をつけていた。どんなに女に飢《う》えていても、メイドと戯《たわむ》れる気はない。それだけは避けていたからだ。

だから、ミルキーのことも頭から追い出さなくてはならない。

リチャードは書類に目を落とした。だが、なかなか集中できない。

ミルキー・オニール……。メイドでなければよかったのに。もし、出会ったのが舞踏会で、彼女が淑女《しゅくじょ》だったなら、すぐにダンスに誘ったのに。

リチャードはまだ彼女のことをぼんやりと考えていた。


ミルキーはまず掃除《そうじ》を言いつけられた。

屋敷にある調度品《ちょうどひん》のほこりを払い、布で拭《ふ》く仕事だった。今までメイドとして働いたことはないから、難しいことを要求されたらどうしようと思っていたが、それくらいなら自分にもできそうだった。

重点的にやるのは、一階のホールや広間、客間に書斎などだった。来客が足を踏み入れる場所をしっかり掃除するということなのだろう。メイドが少ないので、なかなか屋敷全体には手が回らないらしい。

ミルキーは広間にある大きな花瓶《かびん》を拭いていた。今は花が飾られていないが、花瓶自体に素晴らしい模様があり、きっと価値のあるものに違いない。

つまり、落としたら……。

想像してみて、ゾッとした。ここをくびになったら、自分はダンカンの屋敷に戻らなくてはならない。それは嫌だった。今にして思えば、ミルキーはあの屋敷で肩身の狭い思いばかりしていた。

血の繋《つな》がった叔父《おじ》に家族扱いしてもらえず、子守りをしていたものの、賃金をもらえるわけでもない。子供達はそれなりに可愛かったが、甘やかされたせいで、ダメな人間になりつつあった。いくら、それを矯正《きょうせい》しようとしても、叔父夫婦はそうはさせなかった。

しかし、ここでは違う。雇われ人ではあるが、一個の人格として認めてもらっているような気がする。

極悪な侯爵だと、もっぱらの噂だったけど、やはりそうは思えない。それとも、本当の彼のことを自分は知らないだけなのだろうか。

ミルキーは足音に気づき、顔を上げた。すると、少女が年配の婦人と共に、階段を下りてくるのが見えた。

まあ……なんて可愛いのかしら！

少女は人形を抱いていたが、その人形より可愛らしかった。年齢は六、七歳だろうか。まっすぐな黒髪と青い瞳をしている。彼女はフリルやレースやリボンのついたドレスを着ていて、手には彼女とよく似た人形を抱いているものの、その顔に微笑みはなかった。

誰かしら。侯爵令嬢なのかしらね。

それなら、侯爵は独身ではないということだ。ミルキーとは身分違いだと判っていても、夢見る隙《すき》もないとは思っていなかっただけに、がっかりした。

「ミルキー、手を動かして、しっかり掃除をするんだ」

リチャードの声が背後から聞こえてきて、ミルキーはビクッと背筋を正した。そのせいで、手にしていた花瓶が滑り落ちてしまう。

「あぁっ！」

手を伸ばしたものの、間に合わなかった。大きな花瓶は大理石の床に叩きつけられて、粉々になってしまっていた。

「申し訳ありません！」

ミルキーは慌ててリチャードに頭を下げると、割れた破片を集めるためにしゃがんだ。

もっとも、これほど豪快に割ってしまっては、ごまかしようもない。けれども、彼が後ろから声をかけたりしなければ、割ったりしなかったのに。

もちろん、雇い主にそんな文句は言えないが。

「破片を手で拾うんじゃない。まず、箒《ほうき》とちり取りを持ってくるんだ」

リチャードは屈んで、ミルキーの手を止めようとした。しかし、ミルキーは彼の手に触れられたせいで、ビクンと手が震えて、破片で指を切ってしまう。

リチャードは舌打ちをした。

「一体、何をしているんだ！　高価な花瓶を壊した上に、床を血で汚す気かっ？」

ミルキーは叱責《しっせき》されて、涙ぐんだ。何もそんな厳しく責めなくてもいいのにと思いつつ、花瓶を落とした責任はやはり自分にあるのだ。

「すみません。わたし……」

オロオロしながら謝ろうとすると、リチャードはそれを遮《さえぎ》った。

「もう、いい！」

彼はミルキーの手を取ると、そのままどこかに連れていこうとする。しかし、花瓶の破片はまだ散らかったままだ。あの少女と年配の婦人、それから執事のウォルターが自分達を興味津々《しんしん》といった様子で見ているのに気づいて、ミルキーは頰《ほお》を染めた。

「あのっ……侯爵様！」

「いいから、黙っているんだ！」

ミルキーは書斎に連れていかれ、ソファに座らせられた。ひょっとして、今すぐ首にされるのだろうか。それは困る。ここを首にされたら、マイケルとの結婚への道しか残されていない。

「花瓶を……弁償します！　わたし……しっかり働きますから、首にはしないでください！」

彼はじろりとミルキーを睨《にら》んだ。

「高価な花瓶だと言ったはずだ。君の給金では弁償し終えるのに、何十年もかかるだろう」

それでは、何十年もただ働きさせられるのだろうか。それはそれで困る。いくらマイケルとの結婚が嫌でも、ミルキーだって人並みに誰かと結婚したい。普通に家庭もつくりたかった。

「そんな……。何十年なんて……」

「判っている。だから、別に弁償しろなんて言ってない」

彼は素っ気なくそう言うと、ポケットから真っ白なハンカチを出して、ミルキーの指に巻こうとした。

「待って！　血液がついたら、洗濯《せんたく》してもなかなか汚れが取れないのに！」

ミルキーは洗濯をする仕事をしたことはないが、自分の衣類は洗っていたので、真っ白なハンカチが汚れたら、洗濯が大変だということは知っていた。

「黙っていろと言っただろう？　私のすることに、いちいち口を挟むんじゃない」

彼は苛々《いらいら》したような口調で言った。

「でも……」

「……このハンカチは君にやる。洗濯するもしないも、君の勝手だ」

ミルキーがやっと黙ると、彼はほっとしたように息をつき、ハンカチを指に巻いた。大した怪我《けが》でもないのに、どうして彼がわざわざハンカチを巻いてくれたのか判らない。真っ白なハンカチに、赤い血が滲《にじ》んでいる。けれども、血が溢《あふ》れて大変というほどの傷ではなかった。

「ありがとうございます」

戸惑いながらも、ミルキーは礼を口にした。

「いや……。とにかく、私はメイドに怪我させて平気な人間ではないんだ。君を驚かせて花瓶を割らせるつもりもなかったし」

ミルキーは驚いて、顔を上げて、まじまじとリチャードを見つめた。オニール家では、使用人が怪我しようがお構いなしだった。一度、従僕が高いところから落ちて、大怪我をしたときも、ダンカンは気遣うどころか、悪態をついたのだ。馬鹿でのろまな男だと。

確かに、リチャードが背後から急に声をかけなかったら、花瓶を取り落としたりはしなかったが、普通の雇い主なら、悪いのはメイドだと決めつけて、叱《しか》りつけたのではないだろうか。少なくとも、ダンカンならそうだったろう。

ミルキーは二度目の恋に落ちそうになったが、ふと我に返った。

身分違いの恋に落ちたところで、何もいいことはない。既婚の彼を好きになったりしたら、自分が傷つくだけだ。

そう戒《いまし》めてみても、彼を見つめていると、その銀灰色の瞳に吸いこまれそうになってしまう。

眼差《まなざ》しは冷ややかだと思うのに、彼の行動はそれにはそぐわない。それとも、彼は単に床を血で汚したくなかっただけだろうか。

ハンカチは汚れても構わないのに……？

ミルキーは彼が何を考えているのか、さっぱり判らなかった。

「だいたい、君は掃除中に何をボンヤリしていたんだ？」

「あ……あの……とても可愛らしくて、お人形みたいだなと思って……」

リチャードは眉をひそめた。

「もしかして、ベルのことか？」

「ベルとおっしゃるんですね？　とても可愛いお嬢様です。奥様に似てらっしゃるんでしょうか？」

彼がすでに結婚しているのだと思うと、悲しくなってくる。しかも、子供までいるなんて。結局のところ、ミルキーはすでに彼に恋をしているようだった。こんな気持ちは意味がない。そう思ってみても、ミルキーは自分の恋心を急に消すことはできそうになかった。

「奥様などいない。ベルは姪《めい》だ。両親が亡くなったので、引き取って育てている」

「まあ……。そうなんですか！」

ミルキーは彼が結婚していないと知ると、急にほっとしてしまった。彼が既婚者でなくても、自分にはなんの関係もないことなのに。

それにしても、あのベルという少女がどこか愁《うれ》いを帯びた顔をしていた理由は判った。両親を亡くしているからなのだ。

彼女の傍にいたのは、家庭教師だろうか。いかにも厳しそうな女性だった。自分なら、いくら勉強を教えるのが役目であっても、あんな悲しげな少女をそのままにしておいたりしない。子供を笑顔にする方法はいくらでもあるのだ。

ああ、わたしが彼女の子守りになれたらいいのに！

けれども、自分はメイドとして雇ってもらっている。他の仕事のことに口を出すのは、よくないに決まっていた。

ふと気づくと、リチャードが何かを言い、自分の答えを待っているようだった。

ミルキーは目をしばたたいて、彼を見つめる。

「あの……今、なんておっしゃったんですか？」

彼は途端にうんざりした顔になった。

「人の話をきちんと聞きたまえ」

「はい……」

彼はとても怒りっぽいのかもしれない。そういえば、彼は極悪な侯爵と呼ばれているのだった。その怒りっぽいところが極悪なイメージに見られているのかもしれなかった。

彼はミルキーの目を見て、はっきりと言った。

「君はメイドとして、与えられた仕事を全《まっと》うすればいいだけで、いらないことに首を突っ込むのはやめてもらいたい」

確かに、そう言われても仕方がないかもしれない。掃除でさえ碌《ろく》にできないと、彼に思われているに違いないからだ。それでも、使用人は家族の問題に口を出すなと言われていることに、何故だかミルキーは傷ついていた。

だって、わたしは彼の役に立ちたいんだもの。

でも、彼にしてみれば、大事な花瓶を壊したんだから、わたしなんてすでに迷惑な存在なのかもしれないわ。

そうよ。首にされないだけでも、感謝しなくては！

ミルキーは胸の前で手を組み、上目遣いに彼を見つめた。

「わたし、なんでも侯爵様の言うとおりにしますから！　なんでも言いつけてください！」

「……なんでも？　なんでも……すると言うのか？」

「はいっ。なんでもおっしゃってください！」

彼の目つきが少し変わった。だが、すぐに彼は頭を振って、硬い表情になる。

「いや、とにかく……頑張るといい。しっかり務めれば、首にしたりしない」

「真面目に頑張ります！」

ミルキーは勢いよく立ち上がった拍子に、ソファの前にあったテーブルの脚につまずき、よろけてしまった。

「危ない！」

ミルキーは咄嗟《とっさ》に手を差し出したリチャードに抱き留められていた。

彼の腕の中にすっぽりと抱き締められてしまったミルキーは、慌てて顔を上げる。すると、彼の顔がすぐ間近にあることに気づいて、はっとした。

そう。銀灰色の瞳がすぐそこでわたしを見つめていて……。

ミルキーは目を離せなくなっていた。胸がドキドキする。もしかしたら、彼にキスをされるかもしれないと思ってしまい、頬が赤くなる。

馬鹿みたい。彼はわたしに恋をしているわけじゃない。キスなんてするわけがないわ。

そう思いながらも、ミルキーは彼にキスをされることを夢見てしまった。

だって、彼は幼い頃に絵本で見た王子様みたいだから。

リチャードがそっと頭を下げると、唇が重なった。

えっ……。

本当にキスされている？

ミルキーはキスされたいと心の中で願ったものの、本当に自分がキスされるとは思っていなかったから驚いた。確かに唇が重なっているというのに、実感が湧かない。

これが彼の唇の感触なのだ。胸が高鳴り、ミルキーは彼の腕の中で、ただじっとしていた。

舌がミルキーの唇の中にするりと入っていく。もちろん、こんなキスをされたのは生まれて初めてだった。

なんだか気が遠くなっていって……。

だって、夢みたいなんですもの。

王子様のごとき素敵な侯爵に抱かれて、キスされているのだ。これが夢でなくて、なんだろう。

彼の舌がミルキーの舌に絡んでくる。どうしようもなくときめいて、ミルキーの頭の中はふわふわとしてきた。

なんだか、とても気持ちよくなってくる。それと同時に、身体《からだ》が熱くなってきた。初めての経験に、ミルキーはどう反応していいかも判らない。

だが、突然、それは断ち切られた。リチャードが我に返ったように、唇を離し、ミルキーの身体を押しやったからだ。

ミルキーは驚いて、彼の顔を見たが、彼のほうは視線を逸《そ》らして、その場を離れた。気を落ち着けるように、窓の傍へ行き、ミルキーには背を向ける。

「あ、あの……」

ミルキーは何か声をかけたかったが、何も言えなかった。言葉は見つからなかったし、何より彼の背中がミルキーを拒絶しているように見えたからだ。

「……悪かった。今のは……そういうつもりじゃなかった」

そういうつもりって……どういうつもり？

彼はミルキーにキスしたが、今はそれを後悔しているようだった。

ただの気の迷いだったということだろうか。だから、誤解してほしくないと言っているのだ。

ミルキーはがっかりした。

そうよね。メイドに本気でキスをする侯爵なんて、いないに決まっている。

でも、一瞬だけ夢見てしまった。彼もわたしに惹《ひ》かれていて、わたしを好きになってくれたんだって。

そんなことがあるわけない。キスされたところで、大した意味はないに違いない。彼は自分に釣り合うような身分の高い女性と結婚するのだ。メイドなんか相手にするはずがない。

でも、それなら、キスなんてしてもらいたくなかった。

ただの戯《たわむ》れならば。

「……判りました」

ミルキーは小さな声でそう言い。それから付け加えた。

「あの、もう行っていいですか？」

「ああ」

短い彼の返事に傷つきながら、ミルキーは足早に書斎から出ていった。

涙が出そうになるが、それを必死で堪《こら》える。自分が馬鹿げた夢を見たのが悪い。常識で考えたら、彼がメイドを好きになるわけがない。

それなら、どうしてわたしにキスをしたの……？

いいえ、キスしてほしいと願ったのは、わたしのほうだわ。その気持ちが彼に伝わってしまったのよ。

恥ずかしくてたまらない。

ミルキーは花瓶の破片が散らばっていたところに行ったが、そこはもう片付けられていた。自分の失敗を誰かが繕《つくろ》ってくれたのだと思うと、ミルキーは情けなくなってきた。

ウォルター夫人がミルキーの傍に近寄ってくる。

「大丈夫？　顔色が悪いけど」

「あ……はい。あの……すみませんでした。かえって、わたしが仕事を増やしたみたいで……」

彼女は優しい笑みを見せてくれて、ミルキーはほっとした。本当は怒鳴られ、叱《しか》られてもおかしくない。

「ここに来たばかりだったのに、いきなり用事を言いつけたわたしが悪かったのかもしれない。少し庭に出て、新鮮な空気を吸ってくるといいわ」

「そんな……。わたしは働くために来たんですから」

「いいのよ。行ってらっしゃい」

ウォルター夫人はとても優しい。新鮮な空気なら、ここに来るまでに充分吸ったと思ったが、彼女の親切な計らいを拒絶するのも悪い。ミルキーは礼を言って、外に出た。

それにしても、ミルキーができることといったら、掃除くらいしかなかったというのに、どうしてこんなに役立たずなのだろう。いや、頑張れば立派なメイドになれるはずだ。

ミルキーは頭の中からリチャードのことを追い出そうとしていた。これ以上、彼のことを考えてはいけない。もちろん好きになってもいけない。キスなんて求めてはいけなかったのだ。

ああ、なんだか涙が出てくる。

身分違いの相手に恋をするなんて、これほど愚かなことはないわ。


庭はとても美しかった。美しいだけに、メイドの自分がのんびり散歩しているのは気が引けて、裏庭へと回った。ところが、そこには人形を抱いたあの少女が、ぽつんと一人で白いベンチに腰かけていたのだ。

彼女はミルキーを見て、眉《まゆ》をひそめた。

「……泣いてるの？　伯父様に叱られた？」

ミルキーは慌てて手で目元を拭《ぬぐ》った。

「そ、そんなことないわっ。あなたの伯父様は優しい人よ」

「嘘よ。優しくなんかないわ」

彼女は何故だか不機嫌に言い放った。けれども、すぐにミルキーにはそっと笑みを見せてくる。

「さっき、大きな花瓶《かびん》を割っちゃったけど、あれは後ろから声をかけた伯父様が悪いわ。あなたは悪くない」

少女に慰めてもらって、ミルキーはなんだか胸の中が温かくなってきた。もちろん、後ろから声をかけられて驚いたにせよ、花瓶を取り落とした自分が悪いに決まっている。それでも、少女の慰めがミルキーには胸にしみた。

「ありがとう……。ところで、あなたは一人でここにいていいの？　あの……家庭教師の人は？」

「フィニー先生ね。わたし、あの人が嫌いなの。だから、ここに隠れているのよ」

やはり、あの家庭教師は堅苦しく、厳しいのだろう。そんな雰囲気《ふんいき》を発していたから、不思議でもなんでもない。自分が子供だったとしたら、あんな感じの家庭教師は嫌だ。

彼女は少し恥じらうような笑顔を見せた。

「ねえ、ここに座らない？」

「えっ、でも……わたしはメイドよ。本当はあなたにこんな口を利《き》くのもよくないんだろうけど。えっと、お嬢様とか呼んだほうがいいのかしら」

「ベルでいいわ！　お嬢様なんて、うんざり！」

ひょっとしたら、彼女は友達が欲しいのかもしれない。ミルキーはさすがにベルの友達という年齢ではないが、フィニー先生よりは年齢が近い。顔立ちも大人びてはいないから、話しやすいのだろう。

ミルキーは彼女の横に座った。

「わたしはミルキーよ」

「ミルキー？　おかしな名前なのね」

彼女が笑うので、ミルキーも一緒になって笑った。実は本名は別にあるのだ。ミルキーという名は、ダンカンがつけたものだった。何故だか、引き取られてすぐに、ミルキーと呼ぶと、勝手に決められたのだ。そのときからずっと、ミルキーという名で呼ばれている。

今では、自分のことをミルキーだとしか思えない。子守りやメイドには、似合いの名前ではないだろうか。

「ミルクっていうより、チョコレートなのに」

ベルはミルキーのチョコレート色の瞳を見つめて言った。どちらにしても、食べ物関係だが、チョコレートとはあまり呼ばれたくない。

「そのお人形は、なんて名前なの？」

「メアリーよ。可愛《かわい》いでしょ」

ベルは自慢げに人形を見せた。

「可愛いわねえ。あなたに少し似てない？」

彼女は恥ずかしげに頰を赤らめて、頷《うなず》いた。

「ちょっと似てるみたい。あたし、メアリーが傍にいればいいの。でも、フィニー先生が……」

「先生がなんておっしゃったの？」

「そろそろお人形遊びをやめなくてはいけませんって」

「まあ……」

ベルは淋しいのに、メアリーまで取り上げられたら、どうなるのだろう。彼女は恐らく他に楽しみなどないのだ。そもそも、彼女にフィニー先生は合わない。まだ早すぎる。厳しい先生は、もう少し歳《とし》を重ねてからのほうがいいと思う。

そう。今は彼女の淋しさを理解してくれる、優しい先生のほうがいいはず。

けれども、ベルにあの厳しい先生をつけたのは、リチャードだろう。彼の意向には、誰も逆らえないから、ベルもこんなところで隠れているに違いない。

「ねえ、ミルキー。あなたはお人形遊びが好き？」

「もちろんよ」

ミルキーは人形の手を恭《うやうや》しく取った。

「よろしくね、メアリー」

ベルが明るい声で笑う。

「ダメよ、ミルキー。だって、まだあたしが紹介してないもの」

「じゃあ……この可愛いお人形さんを紹介していただけますか？」

ベルがキラキラした目をミルキーに向けてきた。遊びに付き合ってくれる人を見つけたという喜びで、目がきらめいているのだ。

「この子はメアリーというのよ。メアリー、この方はミルキーさんよ」

ミルキーは芝居がかった大げさな仕草で、改めて人形の手を取る。

「メアリーさん、どうぞよろしくね」

「ええ、よろしく、ミルキーさん」

ベルは笑いながら、メアリーになりきって答えた。そして、二人で笑い転げた。

「ミルキーの喋《しゃべ》り方って、普通のメイドと違うのね。社交界のレディみたい」

ベルも社交界などは知らないはずだが、ミルキーの言葉遣いや喋り方、アクセントがメイドと違うことが判ったらしい。子供のときに使っていた言葉は、今も変わっていないのだ。オニール家の一員としては扱われていなかったものの、ダンカンの姪であるからには、きちんとした言葉遣いをしなくてはならないと思っていたからだ。

もっとも、ダンカンも他の家族も、ミルキーがどんな言葉遣いをしようが、どんなに行儀《ぎょうぎ》よく振る舞おうが、どうでもいいようだったが。

「そうね。実はプリンセスなのかもしれないって空想することもあるわ」

それは、子供の頃からのミルキーのお気に入りの空想だった。亡くなったはずの両親が、きらびやかな馬車で迎えにきてくれるのだ。ミルキーは綺麗《きれい》なドレスに着替えて、美しく髪を結い上げ、宝石を身に着ける。そして、上品にオニール家の人々に礼を言い、去っていくのだった。

もっとも、現実は侘《わび》しいものだった。両親は生き返ることはないし、綺麗なドレスを身にまとうこともなかった。しかも、オニール家からは追い出される始末だった。

「あたしもプリンセスだったらいいのに。お城からお迎えが来るのよ。お城には、本当のお父様やお母様がいて、メアリーは妹なの」

ベルはそう言いながら、涙ぐんでいた。きっと、両親のことを思い出したに違いない。

ミルキーはそっとベルの小さな肩に手を回して、彼女の身体《からだ》を温めるように抱き締めた。

「わたしもお父様とお母様がいないのよ。あなたと同じくらいの年に、天国に旅立ってしまったの」

「……本当に？」

ベルがまばたきすると、涙が頬《ほお》に零《こぼ》れ落ちていった。

「本当よ。でも、わたしを引き取った人は、あなたの伯父様ほど優しい人じゃなかったのよ」

「だから、メイドになったのね！　伯父様が優しいって、そういう意味だったの……」

ベルは納得したように涙を手で拭《ふ》いて、顔を上げた。そして、ミルキーを見ると、弱々しい笑みを浮かべる。

「ミルキー、ずっとこのお屋敷でメイドをしていてね」

「……ええ、いいわよ」

そう言ったものの、このままでは、失敗を理由に解雇されそうだった。そうされないように、しっかり働かなくては。

もちろん、ずっと一生メイドでいるのは悲しい。いつかどこかで素敵な男性に巡り合いたい。そして、結婚して、温かな家庭で子供を育てたい。けれども、今はベルを元気づけたかった。

「ありがとう！　あたし、メアリーの次にミルキーが好き」

会ったばかりでそんなことを言ってくれるなんて嬉しい。しかし、その反面、彼女の周囲には彼女の気持ちを判ってくれる人がいないのだろうかと、心配になってくる。

だって、わたしなんか、ただのメイドなのに。

侯爵の姪《めい》であるベルは、いろんな勉強をして、素敵なレディになるのだろう。ミルキーがそのことで手伝いなどできるはずがない。今は淋しがっているから、頼ってくるかもしれないが、やがて成長していけば、ミルキーなどいらない存在になるだろう。

ミルキーはオニール家で子守りをしていたから、それが判る。もっとも、オニール家の子供達はベルほど可愛げがある子達ではなかったが。成長と共に、ミルキーのことなど見向きもしなくなるのだ。

「約束よ。ずーっと傍にいてね」

「……ええ。あなたの伯父様が許してくれればね」

あまりいい加減な約束もできないので、そう付け加えた。ベルはそれを聞いて、にっこり笑う。

「大丈夫よ。だって、このお屋敷にメイドは少ないもの」

それを喜んでいいのかどうか判らない。この地域では極悪な侯爵だと噂《うわさ》されていたものの、本当はそうではないようだ。だったら、やがて働き手は現れるだろう。そうしたら、ミルキーなど、雇ってもらえなくなるかもしれない。

ダメだわ！　しっかり働かないと！

ミルキーは背をしゃんと伸ばした。

「わたし、仕事をしないといけないわ」

「……もう？　まだいいじゃない」

ベルはミルキーの手に自分の手を滑り込ませた。小さな温かい手の感触に、ミルキーは思わず胸が締めつけられるような気がした。やはり、自分は子供が好きなのかもしれない。特に、自分と同じような境遇の淋しい子供が。

「でもね……お掃除《そうじ》をしなきゃ」

「いやよっ」

「だって、わたしはメイドだもの。お掃除をしてからなら、きっと……」

彼女を宥《なだ》めようとしたそのとき、力強い足音が聞こえてきて、ミルキーは口を噤《つぐ》んだ。

「ベル！　こんなところにいたのか！　先生が捜していたぞ」

リチャードが裏庭に現れ、ミルキーとベルが手を取り合っているところをじろっと見た。ベルがすぐにミルキーのほうに身を寄せてくる。どうやら、リチャードを怖がっているようだった。

リチャードはベルのその様子にも気づかず、ミルキーに鋭い視線を向けてくる。

「君は一体ここで何をしているんだ？　掃除をしているはずじゃなかったのか？」

「わ、わたしは……少し外の空気を吸ってくるように言われて……」

「それにしても、いつまでさぼっているつもりなんだ？　君はついさっき、真面目《まじめ》に仕事をすると言ったばかりじゃないのか？　それに、私の姪には関わらないでくれ。ベルにはきちんとした家庭教師がいるんだ」

彼の言葉が、ミルキーの胸を残酷《ざんこく》にも貫いた。

きちんとした家庭教師……。つまり、わたしはきちんとしてないってことね。

たかがメイドと言われたような気がして、ミルキーは傷ついた。いや、こんなことでいちいち傷ついていても仕方ない。実際、家庭教師になれるような教養もないし、人を教え導くことなんてできないのだから。

「……申し訳ありません……」

「伯父様、ミルキーをいじめないで！」

ベルがミルキーを庇《かば》った。リチャードは驚いたようにベルを見つめる。

「いじめているつもりはない」

「ミルキーはあたしの友達になったんだもん！　叱《しか》ったりしないで！」

やはり、ベルは友達が欲しいのだ。ミルキーでは友達にはなれないのだが、それが判らないのだろう。

「ベル、彼女はメイドだ。メイドはメイドの仕事をしなくてはならないんだ」

「だって……ミルキーは……」

ベルは泣きそうになっている。ミルキーはすかさず手を握った。

「わたしは仕事をしなくちゃ。その間、ベルはお勉強を頑張ってね。そうしたら、また会えるから」

ベルはこくんと頷《うなず》いた。そして、リチャードを恨めしげに見上げて、立ち上がった。リチャードはベルの手を取り、ミルキーに鋭い視線を向けてくる。

「君は言いつけられた仕事をするんだ」

「はい……」

彼はまだ文句を言いたそうだったが、ベルのために我慢しているらしい。ベルのことはとても可愛《かわい》がっているのだろう。世話は家庭教師に任せてはいるものの、大事に想っているのは間違いない。

ミルキーは彼に非難の眼差《まなざ》しを向けられたことが悲しかった。まるで、自分がベルのことを手玉に取ったかのように見られたことに、傷ついていた。

ベルに向ける優しさの何分の一かでいいから……ほんの少しでいいから、わたしにも優しくしてほしいのに。

だが、そんなことを望んではいけない。彼は雇い主で、自分はただのメイドだ。優しくされるどころか、厳しくされて当たり前のことを自分はしている。ウォルター夫人に、外の空気を吸ってきていいと言われたにしろ、長い間、外に出たきりなのは、さぼっていると思われても仕方なかった。

「後でまた話がある」

リチャードはそう言い捨て、ベルの肩を抱いて、表の庭のほうに向かった。

ミルキーは泣きそうだったが、大きく息を吸い、涙を我慢する。そうして、屋敷へと戻っていった。

わたしはここで頑張るしかないんだから！

しっかり仕事をして、一人前のメイドになろう。先のことは、それから考えればいいのだ。

まして、かなわぬ恋なんてしている暇はない。

たとえ口づけを交わした相手であっても。

第二章

高まっていく恋心

屋敷に戻ったミルキーは、言いつけられた仕事をなんでもやった。

普通、大きな屋敷で雇われるメイドは分業制で、掃除《そうじ》なら掃除だけ、洗濯《せんたく》なら洗濯だけをするという。しかし、ここでは人手が足りないので、事情が違う。掃除に始まり、ベッドメイクの手伝い、食事の給仕の手伝いもして、皿も洗った。目まぐるしく変わる仕事に、ミルキーは侯爵邸をそれこそ子ネズミのように動き回った。

それでも、ミルキーは他のメイドと仲良くなって、話したりもした。

忙しすぎるのが大変らしいが、その代わり賃金は高いのだという。ミルキーは自分がメイドとして、それなりの仕事をこなせていることに自信を持った。最初に大失敗をしたから、きっともう失敗はしないだろう。

くたくたになって、自分の部屋に帰ろうとしているときに、書斎から出てきたリチャードに声をかけられた。

「ちょうどいい。君に話がある」

ミルキーはビクッと身体《からだ》を震わせた。きっと昼間の続きで、説教されるのだろう。できれば、明日にしてほしかった。今日はこんなに疲れているのだから。

しかし、侯爵にそんなことを言うわけにはいかない。黙って、彼が手招きをする書斎へと足を踏み入れた。

「指の怪我《けが》はどうだ？」

いきなり、怪我のことを訊かれて、ミルキーは目をしばたたいた。自分の指にはもうハンカチは巻かれていない。いろいろ作業をするのに邪魔だから、取ってしまったのだ。代わりに、包帯をきつく巻いている。

ただし、ハンカチはスカートのポケットに入っていた。彼がくれると言ったから、洗濯して、大事にするつもりだ。血の染みは抜けないかもしれないが、それでも彼がくれたものだから。

「大丈夫です」

「見せてみろ」

リチャードはまたミルキーをソファに座らせると、自分もその横に座り、ミルキーの手を取り、包帯を解いていった。彼は現れた傷をじっと見つめる。

傷の具合を見られているだけなのに、何故だかドキドキしてくる。彼にまたキスをされるような気がするのだ。

いや、もう、あんなことはない。彼はどちらかというと、ミルキーのことを嫌っているようだからだ。けれども、それなら、どうしてキスなんかしたのだろう。そして、こんなふうに傷の具合を心配してくれるのは、何故なのだろうか。

ミルキーには、リチャードの考えていることがさっぱり判らなかった。

「ウォルター夫人が、塗り薬を塗ってくれたので、大丈夫だと思います」

「包帯を巻いたのも、ウォルター夫人か？」

「はい、彼女はとても親切な人ですね」

ダンカンの屋敷の家政婦はとても嫌な人で、ミルキーにもいろいろ嫌がらせや意地悪をたくさんしてきた。主人の親戚《しんせき》なのに、使用人扱いされているミルキーは、格好の苛《いじ》めの対象だったのだ。

「濡れた包帯を巻いたままにするとよくない。傷口は塞がっているから、今日は包帯なしで寝て、乾燥させるほうがいい」

「はい……判りました」

話がそれだけならいいのだが。ミルキーはそう期待して、彼を見上げた。すると、彼はなんとも言えないような表情で、こちらを見ていた。

「あの……何か？」

「いや、君は私が思っていたより、ずっと働き者のようだな」

ミルキーは頬《ほお》を染めた。一応、褒《ほ》められているのだろう。大して働かないだろうと思われていたことにムッとするものの、彼はミルキーのことを知らないのだ。そのことは責められない。それに、最初の大失敗のこともある。

「ベルが君のことを話してくれた。君が話し相手になってくれて嬉しかった、と。君のことが大好きだそうだ」

「まあ……嬉しい！」

ミルキーもベルのことが好きになっていたから、嬉しかった。あんな可愛《かわい》い少女が自分を慕《した》ってくれるなんて、嬉しくないはずがない。

「だが、君はあくまでメイドだ。ベルにはなるべく関わらないでほしいんだ」

彼はまた胸にグサリとくるようなことを言った。

そうよね……。わたしはメイドなのよね。ベルが言うような彼女の友達になんか、なれるわけがないのよね。

判っていたことだが、やはりつらい。彼は正しいことを言っている。確かに、自分はメイドだ。彼女と関わるべきではなかった。

「何故泣く？」

リチャードはミルキーの肩に手をかけて、自分のほうに顔を向かせた。思わず涙ぐんでしまったが、泣き顔を彼に見られたくはなかった。

「……放っておいてください」

「いいや、質問に答えるんだ。何故泣く？　私が何か悪いことを言ったか？　君を泣かせるような何か悪いことを……」

ミルキーは首を横に振った。

「いいんです……。だって、わたしはメイドだもの。貴族とは身分が違う。判ってます」

「ミルキー……」

リチャードはミルキーの肩をぐいと引き寄せた。彼の肩口に顔を埋める形となり、ミルキーはドキッとする。

結ばれない恋なら、報われない恋なら、そんな恋には落ちたくない。彼を好きになんかなりたくない。彼が本当は優しい人であってほしくなかった。

でも……。

彼の温もりを感じる。背中を撫《な》でられて、優しくされたら、気持ちが揺らいでしまう。

ああ、彼のことが好き。

好きになりたくないのに、どうしてもその気持ちから逃れられない。

これ以上、優しくしないで。これ以上、好きになったら、傷ついてしまう。どうして、彼は噂《うわさ》どおりの極悪な侯爵ではないのだろう。最初の印象のように、冷たく意地悪なところがもっと見られれば、こんなに好きにならずに済んだのに。

「ミルキー……」

彼の声が甘く掠《かす》れている。彼の唇がミルキーの耳の傍にあった。ミルキーは彼に囁《ささや》かれて、身体をビクンと震わせた。

何故だか判らない。そんな衝動に見舞われてしまったのだ。

そう……なんだかゾクゾクする。

彼はミルキーの耳朶《じだ》にキスをしてきた。ミルキーははっとしたが、元より彼に触れられるのが嫌いではない。キスされると、とびっきり器量よしの娘に変身できたような気がした。そんなわけはないのに。

わたしは……わたしよ。ミルキーよ。

彼がメイドなんか相手にするはずがないじゃないの。

そう戒《いまし》めながらも、ミルキーは耳朶を唇に含まれて、思わず声が出そうになった。

これは慰めのキスよ……。これは……これは……。

耳へのキスは、やがて頬に移動した。だが、それだけでは止まらず、気がつけば、彼はミルキーの顔のあちこちにキスをしていた。

涙を溜めた目元にも、そして、涙を流した頬にも。

彼はミルキーの髪の中に手を差し込み、ゆっくりと梳《す》いていく。ミルキーは頭がぼんやりしてくるのを感じた。

唇にキスしてほしい。

いつしか、ミルキーはそう願っていた。

だって、顔のあちこちにキスをするなら、唇にしてもいいはずだと思うからだ。それだけではなく、昼間にキスされたことを、どうしても思い出してしまうからだった。

あのときの感覚を、もう一度味わいたい。彼の唇や舌の柔らかさ、それから、身体が疼《うず》くような快感を、もう一度……。

リチャードは躊躇《ためら》いがちに唇を重ねてきた。

ああ……。

ミルキーは誘うように唇を開いてしまった。彼の舌がするりと口の中に入ってくる。口腔内《こうこう》を愛撫《あいぶ》され、ミルキーはたちまち陶然《とうぜん》となってくる。

そう。ここにキスをしてもらいたかったの。

本当は、若い乙女《おとめ》は結婚する相手以外に、こんなことをしてはならない。いや、上流階級のお嬢様ならいざ知らず、メイドは人の目を盗んで、キスくらいしている。オニール家の若いメイドが恋人と戯《たわむ》れているところを目撃したのは、一度や二度ではなかった。

ただ、ミルキーは結婚前に村の男と戯れるようなことはしたくなかった。ミルキーが好きになるような素敵な男性がいなかったこともあるが、自分自身を大事にしたいからだ。純潔を失って、その挙句《あげく》に身ごもってしまい、泣きながらオニール家を出ていったメイドもいた。恋人には知らぬ顔をされてしまったからだ。

そんな娘達を見ていたミルキーは、結婚前に処女を失う羽目には陥《おちい》りたくなかった。

でも……。

今、ミルキーは夢中でキスをしていた。リチャードが唇を貪《むさぼ》り、ミルキーがそれに応えている。そこには、打算も何もなかった。ただ、本能のままに、ミルキーは突き進んでいた。恐らく、リチャードもそうだろう。

彼とキスしたい。キスをすれば、何かもっと他のこともしたくなってくる。

それがなんなのか、ミルキーはまだ知らなかった。男女の行為の結果は知っていても、具体的な行為そのものについては、何も知識がない。

ただ、キスをして……。

それから……。

彼の手がミルキーの胸をまさぐっている。男性に胸を触れられているというのに、なんの嫌悪感もなかった。それどころか、もっと触って欲しいなどと思ってしまう。相手がリチャードならいいのだ。他の男なら、絶対によくないが。

森の中で、男達に襲われたことが頭を過《よ》ぎる。彼らには許せないことでも、リチャードなら許せてしまう。

彼が唇を離し、メイド服の上から胸を大胆《だいたん》に触れてきた。

「君の胸が……見たい」

彼もまた同じことを思い出していたのだろうか。彼にそう言われると、とても拒《こば》めない。

リチャードはエプロンを取り去ると、メイド服の前にあるボタンを外していく。それをはだけさせていき、その下に着ているシュミーズの胸のリボンを解いた。

二つの胸が彼の前に晒《さら》される。彼はそれをうっとりと眺め、両手で包んだ。

ミルキーは甘い吐息を洩《も》らす。自分の胸は身体が細いわりには少し大きいと思う。それを彼が愛《いと》おしそうに手で包んでいると、何故だか幸福感に満たされたような気がした。

「信じられないくらい綺麗《きれい》な胸だ……。森の中でちらりと見たとき、そう思った。だから……どうしても、もう一度でいいから見てみたかった……」

それから、彼は両手で胸を揉《も》んだ。彼の手の中で柔らかい乳房が形を変えている。ピンク色に色づいた頂《いただき》が、ピンと勃《た》っていて、まるで更なる愛撫《あいぶ》を求めているようにも見えた。

リチャードはそっと顔を近づけ、乳首にキスをする。

「あ……ぁ」

小さな声がミルキーの口から出てきた。

とても恥ずかしいことをされている。もちろん、誰かにこんなことをされたのは、生まれて初めてだった。

けれども、彼の口に乳首が含まれ、そっと吸われると、甘い疼《うず》きをその部分に感じた。いや、その部分だけではなく、身体の奥も疼いているような気がする。

何もかも初めてのことだ。ミルキーは身を震わせながら、それでも拒絶はしなかった。こんなことをしてはいけないと、頭の中では判っているのに、身体が言うことを聞かない。ただ、身体は求めるだけだ。彼に触られたり、キスをされたりしたいのだ。いくらダメだと思っても、彼を突き放すことすらできない。

ミルキーは彼がしてくれる愛撫に夢中になっていたが、彼もまたミルキーの身体に夢中にな

っていた。乳房や乳首を弄《いじ》り、ミルキーが小さな甘い声で反応するのを、彼は楽しんでいるようだった。

「なんて可愛《かわい》いんだろう……！」

リチャードはまた唇にキスしてきた。頬《ほお》を両手で包まれて、何度もキスをされる。ミルキーはキスをされるたびに、頭が朦朧《もうろう》としてくるのを感じた。

やがて、彼はメイド服の上から腰に触れてきた。だが、それだけでは飽《あ》き足らず、とうとうスカートとペチコートの裾《すそ》をまくり上げて、脚に触れてきた。

「やぁ……あっ……」

小さな声で抗議したつもりだが、彼の耳には聞こえなかったのだろう。それとも、聞こえないふりをしているのだろうか。もっと大胆《だいたん》に彼は触れてきて、とうとうドロワーズにも触られてしまった。

「いや……」

恥じらいがそう言わせている。本当はもっと触れてほしい気持ちもある。けれども、乙女が男性に触れさせてはいけない部分というものが、そこにはあった。

リチャードはドロワーズを撫で回した。その下はもう何も身に着けていない。そう思うだけで、ミルキーの胸は高鳴ってきた。身体がどうしようもなく疼《うず》いている。特に、彼がそっと触れてくる股間《こかん》の部分が。

きっと、本気で嫌がっていないことが、彼には判っているのだ。だから、このように触れてくるのだろう。

彼の指がドロワーズの股の隙間に忍び込んできた。

身体と頭が同時にカッと熱くなってくる。

彼の手が自分の大事な部分に直に触れている。

「ああ……君……判るかい？　君のここがとても蕩《とろ》けてきているのが」

「蕩けて……きてる……？」

「そうだ。柔らかくなって、こんなにも濡れている」

彼の指に秘所をなぞられて、ミルキーは眩暈《めまい》がしてきた。そこがとても熱くなっている。確かに蕩けているような気もした。触れられると気持ちがいいのに、何故だか痺《しび》れたようになっていて、普通の感覚ではなかった。

そのとき、彼の指がするりとミルキーの内部に入ってきた。

ビクンと身体を大きく震わせる。

「そんな……っ」

「痛かった？」

「いいえ。でも……なんだか……ああっ」

身体の中で彼の指が動いている。ミルキーは泣きそうになりながらも、じっとしていた。内部の感覚が敏感になってきている。気持ちがよくて、このまま彼のすることに従っていたいが、同時にそれをとても怖がっている自分がいた。

「ああ……わたし……っ」

そのとき、彼の指がミルキーの敏感な部分にそっと触れてきた。ミルキーの身体は大きく震える。

「あぁっ…はぁん……ん」

ミルキーは興奮しすぎて、何がなんだか判らなくなっていた。淫《みだ》らな声を出してはいけないと思いながらも、止められない。なるべく唇を引き結ぼうとするものの、どうしても口が開いて、恥ずかしい声を出していた。

身体が快感に震える。甘い疼《うず》きが全身に広がっていって、もう自分ではどうすることもできない。

ただ、リチャードが翻弄《ほんろう》していくから、それに従うしかなかった。

彼は胸にキスをしてきた。乳首を口に含み、舌で転がしていく。そして、ミルキーの一番感じる部分を指で刺激する。

ミルキーはギュッと目を閉じ、本能的に全身に力を入れる。

熱いものが身体の芯から頭まで貫いていき、ミルキーはぐっと背を反らした。

「あぁぁっ……っ！」

まるで身体がふわりと浮き上がるような快感に襲われて、どうしていいか判らなくて、ミルキーは彼にしがみついた。

鼓動が速い。息が苦しい。彼が指を引き抜き、スカートの裾《すそ》を直してくれている。快感の余《よ》韻《いん》に浸りながらも、ミルキーは目を開いた。

リチャードがじっと顔を覗《のぞ》き込んでいて、ドキッとする。もしかしたら、感じているときの恥ずかしい顔を見られていたのかもしれない。

「あ、あの……わたし……」

彼は強張《こわば》った笑みを見せた。

「これ以上はしない。これ以上は……君の純潔を奪ってしまうことになる」

つまり、わたしはまだ処女なのね。

ミルキーは自分がほっとしたのか、それともガッカリしたのか判らなかった。彼に身体を弄《いじ》られて気持ちよかったが、なんだかリチャードのほうはさほど気持ちいいわけでもないようだった。

ひょっとしたら、わたしは男女の行為の途中までしか経験していないのかしら。

彼はつらそうにしている。だが、まさか純潔を奪ってと、彼に迫るわけにもいかない。それに、やはり処女は大事なものだ。夫でもない相手に、捧げてはならないのだ。一時の情熱にかられて、ひどい目に遭《あ》う娘のことが頭を過《よ》ぎった。

彼はぎこちなくミルキーの身体から離れ、ソファから立ち上がると、背を向けた。昼間のキスのときと同じだ。結局、彼は背を向けるのだろう。たとえ純潔を捧げたとしても、彼はこんなふうに行為の後に悔《く》やむ姿を見せるだけなのだ。

男女のことはよく判らない。けれども、リチャードはただ一時の気の迷いで、メイドと戯《たわむ》れたのだった。

ミルキーは起き上がり、はだけられた胸元を直した。あんなに簡単に情熱に押し流されたことを、心の底から後悔していた。

そう……。彼にとって、これはきっと遊びなのだから。

キスをされて、胸を触られたりして、我を忘れてしまったわたしが悪いのよ。

拒絶されなければ、きっとこれは合意の上でということになる。そういう意味では、彼は悪くはないのかもしれない。

のろのろと立ち上がった。

「侯爵様……わたし、もう部屋に戻ります」

「君は他のところで働いたほうがいいのかもしれない」

リチャードの言葉に、ミルキーは愕然《がくぜん》とした。

「そんな……嫌です！　わたし、今日ちゃんと働きましたよね？　それなのに、解雇されるのですか？」

「もちろん、今日の分の給金に、いくらかの金を足そう。君はここで働かないほうがいい。私はいつか君を傷つけてしまうかもしれない……」

つまり、またこんなことがあるかもしれないと言っているのだ。ミルキーは彼には見えないのに、必死で首を横に振った。

「ダメです。わたしは……行くところがないんです。ここに置いていただかないと、困るんですから」

リチャードには判らないのだろう。金さえ与えれば、それで済むと思っているのかもしれない。しかし、他に行き場があるのなら、わざわざ極悪な侯爵が住んでいるという噂《うわさ》の屋敷に、押しかけたりしない。

「わたし達、二人きりにならなければいいんです。そうでしょう？」

本当は二人きりになれないのはつらいことだ。もう、キスやその他のことを知らない頃には戻れない。こんな快感があることを、ミルキーは知ってしまった。

けれども、リチャードにとっては、ただの遊びだ。途中でやめてくれたことに、感謝しなくてはならない。

だから、わたしも彼を追い求めたりしない。彼を好きになったりしない。

もう、手遅れかもしれないけど。

彼に恋しただけでない。初めてのキスの相手。処女は失わずに済んだけど、初めて愛撫《あいぶ》してくれた相手なのだ。

恐らく一生忘れられない。

彼はあんなことまでしたのに、今はこうして冷たく背を向け、あっさり解雇しようとしている。それが悲しかった。もちろん、傍にいたら、顔を合わせるのがつらいだろう。少なくとも、ミルキーのほうは。

彼はただミルキーを無視すればいいだけではないだろうか。大してつらくもないはずだ。少し気まずいかもしれないが。

「わたしはお給金を貯めたら、いずれここを出ていきます。それまで雇っていてください。一生懸命に頑張りますから！」

「……いずれ出ていくのか？」

彼は苦しげな顔で振り向いた。

ミルキーは困惑した。まるで彼はミルキーに出ていってほしくないような顔をしている。しかし、他のところで働いたほうがいいと言ったのは、彼のほうだ。

「いや……そうだな。君にとっては、そのほうがいい。私は君を傷つけたくないから」

もう、傷ついているわ……。

ミルキーはそう言いたかったが、口には出さなかった。純潔を奪わなくても、傷つける方法はいくらでもあるのだ。

戯れの相手でしかないのに、ミルキーは彼の腕の中で甘い声を上げ、あんなふうに乱れてしまった。今は自分を恥じている。

わたし……馬鹿みたい。

彼にキスされているときだけは、自分がまるで彼と対等であるかのように思っていたのだ。

彼の花嫁なんかには、絶対になれないというのに。

「君の言うとおり、お互い二人きりにならないように気をつけたほうがいいようだな」

彼の言葉に、ミルキーはほっとしつつも、やはり胸の奥がちくんと痛んだ。

「じゃあ、ここに置いていただけるんですね？」

「ああ。ただし、ベルにはあまり構わないでくれ」

「でも、ベルが……いいえ、ベル様が可哀想《かわいそう》です。淋しいのを判ってあげなくては」

リチャードは眉をひそめた。

「淋しい？　いや、だから、家庭教師をつけているんだが」

「彼女が欲しいのは、お友達なんです。お勉強より、遊びたいんですよ。もっと自分の気持ちを判ってほしいんです」

「それを……打ち明けたのか？　君に？」

リチャードはムッとしたようにミルキーを見つめている。どうやら、彼の機嫌を損《そこ》ねたようだった。ベルが初対面のミルキーに気持ちを告白したのが気に食わないのだろう。

「わたしは子守りをしていましたから。成長したら、レディになるようにお勉強させるのは判ります。でも、まだお母様を亡くしたことから、立ち直ってないみたいですし、少し控えられたらどうでしょう。侯爵様も優しく接してあげたら……？」

余計なお世話かもしれないが、ミルキーはベルに幸せになってもらいたかった。彼女と自分の幼い頃の姿が重なって見えるからかもしれない。

「私が声をかけても、あの子は怯《おび》えるだけなんだ。おもちゃで気を引こうとしても、人形しか関心がないようだし」

それなら、リチャードは姪《めい》を蔑《ないがし》ろにしているわけではなく、どう接していいのかが判らないのだ。

ミルキーはにっこり笑った。

「侯爵様もメアリーに関心を持てばいいんですよ」

「メアリーとは？」

「人形の名前です。メアリーは彼女のお友達なんです。だから、そのように話しかけてあげればいいんですよ」

彼は人形に話しかける自分の姿を想像したのか、顔をしかめた。だが、すぐに笑顔になる。

胸がドキッと高鳴る。彼の笑顔には弱いのだ。

ミルキーの恋心は疼いている。きっと、すでに傷だらけだからだ。初めての恋に舞い上がった途端、地面に叩きつけられたような気分だ。

　でも、仕方ないわ。

　リチャードは躊躇《ためら》いながら、ミルキーに手を差し出した。

「え……?」

「私が悪かった。これからも、あの子について、助言をしてくれると嬉しい」

　ミルキーはぱっと明るい気分になり、笑顔になった。彼がメイドの自分を対等な人間として、初めて接してくれたような気がしたからだ。

　おずおずと彼の手を握った。

「はい!　わたしでよければ、なんなりと」

　その言葉が別の意味に聞こえることに気づいて、ミルキーは頬を染めた。彼も同じようなことを思ったのか、お互いにぎこちなく手を放す。

「それでは、もう部屋に戻るといい。一日、よく頑張った。明日もよろしく頼む」

「はい……」

　今さっき二人の間にあったことを、彼はなかったことにしたいのだろう。だが、ミルキーのほうもそれは同じだった。

　書斎の扉を開けると、すぐそこにはヒューが寝そべっていた。犬は人間より耳がいいという。ヒューはきっと二人が何をしているのか、ちゃんと知っているに違いない。

「おやすみ、ヒュー」

ミルキーは顔を赤らめながら声をかけると、屋根裏の自分の部屋に戻るべく、裏階段のほうへと向かった。


翌日も、ミルキーは懸命に働いた。

不器用ながらも、言われたことはなんでもやったし、忙しかったが、やればやるほどメイドとしてやっていくことに自信が持てるようになっていく。

オニール邸を出たときには、とにかく不安でたまらなかった。メイドの仕事はいつも見ているだけだったからだ。けれども、頑張ればどんなこともできると判った。

午後になって、やっと休んでいいと言われたとき、ミルキーは一息入れるために、外に出た。裏庭にベンチがあることを思い出し、そこへ向かう。メイドの自分が堂々と庭で寛《くつろ》ぐのはおかしい。裏庭なら目立たないと思ったのだ。

ところが、そこにはすでに先客がいた。ベルとリチャードが座っていたのだ。リチャードの足元には、ヒューも寝そべっている。

「ああ……すみません。誰もいないと思っていたものですから」

ミルキーが来た道を戻ろうとしていると、リチャードが追いかけてきて、腕を掴《つか》んだ。

「待ちたまえ。ベルと少し話をしてやってくれないか」

「でも……」

「いいんだ。ベルが君を気に入っているから」

リチャードはベルと何か話していたようで、ミルキーの助言どおりのことをしたのだろう。

昨日はリチャードに対して怯《おび》えの表情を見せていたが、今は違うようで、ミルキーににこにこしながら手を振っている。

「ミルキー！　こっちに来て！」

そんな笑顔で催促《さいそく》されたら、行かないわけにはいかない。ミルキーも手を振り返し、彼女の隣に座った。リチャードは傍《かたわ》らに立って、穏やかな表情で二人を見ている。

「ミルキー、今日は忙しいのね。ずっと仕事をしているから、伯父様《おじさま》が邪魔をしちゃいけないって言うの」

「そうね……。忙しかったわ。でも、わたしは忙しいのが好きなの」

「どうして？」

「働いているって感じがするから。でも、あなたには関係ないわね。忙しくしているのが好きなんてレディはいないもの」

ベルは顔をしかめて、首を横に振った。

「よく判らない。あたしは勉強なんて嫌いだし、きっと忙しいのも嫌いだって思うわ」

ミルキーはにっこり笑った。

「あなたみたいなまだ小さな女の子はそれでいいのよ」

「あたしも大きくなったら、ミルキーみたいにいろんなことができるかしら」

ベルは無邪気に言った。もちろん、彼女はレディになるのだから、ミルキーのようなことはしなくていいのだ。二人の身分が違うことを、彼女もいずれ理解していくだろう。

ミルキーは微笑んで、話題を変えた。

「今日は何をしたの？」

ベルは朝からあったことを全部ミルキーに話し始めた。どうやら午前中は家庭教師と勉強をして、午後になって、リチャードがベルを庭に連れ出したらしい。そして、二人で散歩をしながら、いろんな話をしたようだった。

「今度、伯父様に乗馬を習うのよ」

「いいわね」

「ミルキーは馬に乗れないの？」

「たぶん乗れると思うけど……」

遠い昔、乗馬の稽古《けいこ》をしたことがある。今も身体《からだ》が覚えていれば、乗れるはずだった。

そのとき、リチャードと目が合った。彼は何故だかニヤリと笑う。彼はこの屋敷に来るときに、二人で馬に乗ったことを思い出したに違いない。そんな表情をされると、ミルキーのほうも恥ずかしくなってきてしまう。

「どうしたの？　顔が赤い……」

ベルが目ざとく見つけて指摘する。

「大丈夫よ。その……馬は少し怖いから」

「伯父様は、馬は怖くなんかないって言ったわ。約束事を守れば、人間を落としたり、嚙《か》みついたり、蹴《け》ったりしないんだって」

「そうね……」

怖いのは馬ではない。リチャードのほうがよほど怖い。彼を見るたびに、気持ちが惹《ひ》かれていくのが怖かった。

特に、今日の彼は優しい伯父という顔をしていて、それがミルキーの琴線《きんせん》に触れたのだった。だって、わたしが求めているのは、温かい家庭だから。

こうして三人でいると、ミルキーの心に愚かな夢が忍び込んでくる。リチャードが夫で、ミルキーが妻、そして、ベルが二人の娘だ。穏やかな午後を家族三人で過ごしているのだと想像すると、幸せな気分になってきてしまう。

もちろん、それは夢に過ぎない。現実にはあり得ないことなのだ。

「ミルキーも一緒に馬に乗れば楽しいのに」

ベルの言葉に、ミルキーは微笑《ほほえ》んだ。

「ありがとう。でも、わたしは仕事があるから無理なの」

メイドはお嬢様の乗馬の練習に付き添ったりしない。まして、一緒に乗馬を楽しんだりしないのだ。

「えーっ、つまんない！」

ふくれっ面《つら》をするベルの頬を、ミルキーはつついた。

「きっと、メアリーがわたしの代わりにあなたの練習を見守ってくれるわ」

「もちろん、メアリーはあたしのお友達だもん」

一緒に馬に乗ろうと懇願《こんがん》されないうちに、ミルキーは退散することにした。それに、そろそろ戻らないと、まだすることが残っている。

「さあ、わたしはまた仕事をするわね。また時間があったら、会いましょう」

ミルキーはベルをギュッと抱き締めた。

小さくて温かい身体だ。子供を抱き締めると、キュンと胸が締めつけられるような気がする。可愛《かわい》くてたまらないからだ。

わたしもいつか自分の子供を産んだら、こんな気分になるのかしら。

「ミルキー……もっと一緒にいて」

ベルが甘えてくるが、やはりここは突き放さなくてはならない。胸が痛むけれど、それはどうしようもないことなのだ。

「ベル、またね」

ミルキーが立ち上がると、リチャードが声をかけてきた。

「そんなに忙しいのか？」

「ええ、そうなんです。このお屋敷の規模は大きいのに、メイドの数は全然足りてないみたいだから」

「そうか……。なんとか増やしたほうがいいな。このままじゃ、君は過労で倒れてしまいそうだ」

ミルキーはクスッと笑った。

「そんなことないですよ。わたしは丈夫だし、わたしがここに来るまで、少ない人数でなんとかやってきたんだから、過労なんて……そこまでひどくないと思います」

恐らく忙しいと思ってしまうのは、自分の要領が悪いからだ。そのうち、きっともっと楽になんでもこなせるようになるに違いない。

もちろん、メイドの数が足りないのは事実だったが。

「わたし、頑張りますから！」

ミルキーはそう言うと、駆け出した。裏庭から建物をぐるりと回って、使用人の出入り口に急いだ。その手前で、ミルキーは石段につまずいて転んだ。

「痛い……」

馬鹿みたい。走ったりするからだ。

けれども、リチャードと話していると、やはりつらくなってくる。彼がミルキーの心配をしてくれたり、対等な相手に話すような穏やかな口調で話されると、愚かな夢を見てしまいそうだったからだ。

きちんとけじめをつけなくちゃ。それが何より自分自身のためだから。

ミルキーはのろのろと起き上がり、メイド服についた埃《ほこり》を払う。そして、改めて、使用人の出入り口の扉を開いて、仕事の続きをするべく屋敷の中に入った。

夜になり、疲れ切った脚を引きずって、ミルキーは部屋に戻った。

ランプの明かりをつけると、小さなベッドに何かが落ちているのを見つけた。朝、きちんと整えたはずなのにと思って、よく見てみると、それは一本の薔薇《ばら》の花だった。

赤い薔薇だわ……。

ミルキーはそれを手に取った。棘《とげ》は取られていて、痛くない。そっと香りを嗅《か》いで、ミルキーはロマンティックな雰囲気《ふんいき》に酔った。

これを置いてくれたのは、誰……？

もちろん庭の持ち主だろう。他にいない。すぐさまリチャードにお礼を言いたかった。思わず薔薇を持ったまま部屋を出て、書斎に行こうとした。

だが、二人きりになったら、また同じことを繰り返してしまいそうだった。

同じことならまだいい。もし、純潔を失ってしまったら、どうなるだろう。やはり、ミルキーは人並みに結婚したいのだ。それなら、やはりリチャードにすべてを捧げるような真似《まね》はやめたほうがいい。

きっと、後悔するに決まっている。

彼は傷つかないだろうが、ミルキーは傷ついてしまう。身も心もボロボロになってしまったら、どうやって立ち直れるか判らない。

それくらいなら、彼と二人きりで話をしたいという気持ちを抑えたほうがいい。

そうよ……。お礼なんて、明日言えばいいんだから。

朝の光の中、誰かがいる場所で……。

だが、侯爵に薔薇の花をもらったなんて誰かが聞いたら、きっと変な誤解をするだろう。もっとも、すべてが誤解とも言えないが。二人の間には、確かに何かがあった。しかし、それを他の人には知られたくなかった。

ミルキーはメイド服を脱いで、ナイトドレスに着替える。そして、薔薇の花にそっとキスをすると、枕元に置いた。

今夜は薔薇の香りに包まれて眠ることができる。ミルキーはリチャードに感謝しながら、明かりを消して、ベッドに入った。

翌朝、ミルキーが目覚めたときも、薔薇はまだ綺麗《きれい》なままだった。

着替えて階下に行き、ウォルター夫人に一輪挿しの花瓶《かびん》を貸してもらう。ミルキーはそれに水を入れて、自分の部屋に持っていこうとしていたら、リチャードにばったり会ってしまった。

彼の顔を見ただけで、自分の顔がさっと赤くなるのが判った。

「あ、あのお花……ありがとうございます」

小さな声で礼を言うと、彼は微笑《ほほえ》んだ。

「いや……。あれは君への謝罪の代わりだ」

謝罪の代わり……？

ミルキーは一気に落胆《らくたん》した。

もちろん、愛の告白だと思い込んだわけではない。しかし、もう少しロマンティックな意味のあるものだと思っていた。それどころか、ただの謝罪の代わりだったとは。

浮かれていた自分が馬鹿みたいだった。それでも気を取り直して、屋根裏に花瓶を持っていこうとすると、後ろから声をかけられた。

「まさか、何か特別な意味でもあると勘違いしたわけじゃないだろうね」

彼の言葉は残酷《ざんこく》だった。ミルキーは振り返らずに、黙って逃げるようにその場を離れた。それがミルキーの答えだった。彼に気持ちを知られたくないと思ったが、どうせ彼にとっては、ただの遊びだ。自分など意味のある存在では、最初からなかったのだ。

傷つけられるほうが間違っている。彼に心を捧げてはいけない。もちろん身体も。

屋根裏部屋に戻ると、薔薇の花を活《い》けて、花瓶を小さなナイトテーブルの上に置いた。テーブルはそれしかなかったからだ。小さなベッドに小さなナイトテーブル。家具はそれだけだ。しかし、誰かと相部屋ではないし、ここは一人だけのミルキーの城だった。

階下には目も眩《くら》むようなシャンデリアや、いろんな高級家具が置いてある。ベルが着ているものは、ミルキーの給金の何十倍にもあたる料金で仕立てられたものだろう。しかし、そんなことを羨《うらや》んでも仕方がないのだ。

何より身分が違う。自分にはこんな薔薇一輪でさえ、贅沢《ぜいたく》なのだ。

「ミルキー……」

リチャードの声がして、ミルキーは跳び上がりそうになった。

「侯爵様！　一体どうしてここに……」

この屋敷の当主がまさかこんな屋根裏にまで上がってくるとは思わなかった。長身の彼は低い天井に頭をぶつけそうになっている。

薔薇の花を本人が持ってきてくれたなら、すでにここに入ったことはあるはずだが、それにしてもミルキーの後を追ってくるとは、普通は思わない。

「あまりに意地悪なことを言ってしまったから……。許してくれ」

「いいんです。謝罪ならもう充分ですから」

ミルキーの言葉には棘《とげ》があった。

勘違いをした自分が悪い。しかし、いくらなんでも、この薔薇一輪で、彼に愛の告白をされたと本気で思うほど愚かではない。けれども、少しの間だけ夢見ていたかったのだ。これが愛のために贈られたものなのだと。

「悪かった。本当に……。あんなふうに言うべきではなかった」

そんな言い方も癇《かん》に障《さわ》る。言うべきでないことを言い、すべきではないことをする。彼は何度もそうしてきたのだ。もう、これ以上、心を傷つけないでもらいたかった。

「もう、いいんですってば。今、屋根裏には誰もいませんけど、あなたがここにいることが誰かに知られたら、困りますから」

「確かにそうだな。だが、その前に……」

リチャードはミルキーの腕を手にかけると、素早く抱き寄せた。そうして、唇を塞ぐ。

いきなりキスをされて、ミルキーは戸惑った。彼が辛辣《しんらつ》な言葉でミルキーを遠ざけようとしたのは、ついさっきのことだった。それなのに、どうして今はキスをしてくるのだろう。

唇が離れたが、彼は熱い眼差《まなざ》しで見つめている。

「ダメ……」

ミルキーは首を横に振った。

このまま彼に身を任せてしまいたい。そう思ってしまうが、それはいけないことだ。それに、仕事もある。ミルキーがどこに行ったのかと、誰かがここに捜しにくるかもしれない。そんな危険は冒せなかった。

もちろん、それ以前に、彼とそんな仲になってしまってはいけなかった。

リチャードは顔をしかめた。

「……そうだな。私のほうが理性を保っていなければまずいのに」

彼は背を向けた。

「許してくれ」

何度目かの謝罪を口にして、彼は去っていく。ミルキーは震えが止まらなかった。こんなことを繰り返していたら、いつかは間違いが起こってしまう。

いや、そもそも、これは間違いなのだろうか。こんなに身も心も惹《ひ》かれ合う二人なのに、これを拒絶することが、本当に正しいことなのかどうか判らない。

でも、わたしは傷つきたくないわ！

これは報われることのない恋なのだから、純潔を捧げて、泣く羽目になるのは、自分に決まっている。男性は平気で去っていき、後に残された女性が泣くのは、いつものことだった。ミルキーはそれを何度も見たはずだ。

リチャードはそこまでひどいことをしないと思いつつも、やはり判らない。

だって、侯爵様だもの。

それに、何度もうしないと言っておきながら、彼は約束を破ってしまう。

いつかはきっと、二人の間には何か間違いが起きてしまうかもしれない。そうなったとき、自分はどうすればいいのだろう。

次に誘惑されたとき、拒絶できるだろうか。

ミルキーには自信がなかった。


翌日の午後、ミルキーはせっせと掃除《そうじ》に励《はげ》んでいた。いくら掃除してもきりがない。屋敷は広すぎるからだった。

図書室の埃《ほこり》を払っていると、ウォルター夫人がミルキーを呼びにきた。

「お客様がいらしているの。あなたにお茶を出してもらいたいんだけど」

「わたしに？」

他に手が空いているメイドがいないのだろう。ミルキーは承諾《しょうだく》して、厨房《ちゅうぼう》に向かった。手を洗い、用意されているトレイを持った。

「大切なお客様だから、間違っても落としたりしないでね」

ウォルター夫人はやはり不安を抱いていたらしい。ミルキー自身も、落としたらどうしようと思ったのだ。

だが、メイドとして暮らしていくには、客にお茶くらいは出せなければならないだろう。

ミルキーはトレイを持って、客間にしずしずと入った。そこにいたのは、リチャードとベル、そして、中年の男女だった。四人はテーブルを囲んでいるものの、あまり和気藹藹《わきあいあい》といった雰《ふん》囲気《いき》でなかった。

一瞬、絨毯《じゅうたん》に足を取られかけたが、なんとか持ちこたえて、ミルキーはテーブルにカップと紅茶のポット、それからクッキーの皿を置いた。

「ありがとう、ミルキー」

ベルが声をかけてくれた。ミルキーは微笑《ほほえ》んだ。

「まあ、メイドにお礼なんて言わなくてもいいのよ。ここでは、一体、どんな躾《しつけ》をされているんだか。……ねえ、あなた?」

女性が嫌味たっぷりの声で、横の男性に話しかけた。その言葉に、リチャードとベルがムッとしたのが判る。

彼女の夫である男性は、ちらりとミルキーを見て、何故だか頷《うなず》いた。

「まあ、そうだな」

リチャードは文句を言いたそうにしていたが、ベルは黙っていなかった。

「ミルキーはあたしのお友達よ！　お友達のことを悪く言わないで！」

「お友達ですって！　メイドが！」

女性は金切《かなき》り声《ごえ》を上げた。ミルキーは居たたまれずに、素早く頭を下げて、客間を出ていった。

ミルキーはつらかった。こんなふうに、人間だとすら思われていないなんて、たまらなかった。メイドはいちいちそんなことで傷ついていてはいけないのかもしれないが、それでも、やはりつらいのだ。

ウォルター夫人が厨房に戻ってきたミルキーを見て、心配そうに声をかけた。

「どうしたの？　お客に何か言われた？」

ウォルター夫人もきっと前に嫌なことを言われたことがあるのだ。だから、自分を客間に行かせたのだろう。

「大したことではないんです。でも、メイド風情《ふぜい》がって感じだったから……」

「そうよね。あの人、お嬢様の伯父様《おじさま》なんですよ。父方の」

伯父夫婦が、何しに来たのだろうか。ウォルター夫人の口ぶりからすると、彼らはしょっちゅう、この屋敷に訪れているようだった。

「姪御《めいご》さんに会いにこられたんですか？」

「それだけならいいけどね……」

ウォルター夫人は声をひそめた。

「ここだけの話なんだけど、あの夫妻はお嬢様を引き取りたいみたいなのよ。うちの旦那様《だんなさま》だけが後見人で管財人なのは、間違っていると思っているの。つまり、あの方達はお嬢様のご両親の遺産を狙っているんじゃないかしらね」

ミルキーは呆《あき》れてしまった。彼らはまさしく金目当てといった卑《いや》しい表情をしていたからだ。とても、姪に会いにやってきたように見えない。

「だから、あのとき……」

ミルキーが言いかけてやめると、ウォルター夫人が先を言うように促した。彼女は噂話が好きらしい。いや、メイドはみんな雇い主の家庭の噂話をするのが好きだ。オニール家でも、そんな話を小耳に挟んだ。ミルキーは基本的に使用人ではなかったから、その仲間には入れてもらえなかったが、それでもいろんな話が耳に入ってきたものだ。

「ベル……お嬢様がわたしにお礼を言ってくださったの。それに対して、どんな躾をしているのかって」

「まあ！　そりゃあね、あの人達にとって、わたし達は人間ですらないんでしょうよ。無視されるのに、わたし達が慣れているからといって、耳も聞こえるし、心だってあるんですからね！」

ウォルター夫人は怒っていた。当たり前だ。それこそ、自分達にだって、傷つく心があるのだから。上流階級の人間はそれに気づかないのだろうか。

「とにかく、あの人達はお嬢様の機嫌を取るために、しょっちゅうここに押しかけてきては、山のようにおもちゃを置いていくの。どれも、お嬢様の気に入らないものばかり」

ベルにはメアリーさえいればいいのだ。ベルの気持ちも判らないのに、勝手に判った気になっているのだろう。そんな親戚《しんせき》がいるなんて、ベルが可哀想《かわいそう》だった。

「侯爵様はベルお嬢様を手放したりなさらないでしょう?」

「もちろんですとも。でもね……あの人達は夫婦だから、そういったことをねちねちと責めてくるのよ。侯爵様が早く結婚してくださるといいんだけど」

「えっ……どういう意味ですか?」

ベルとあの夫婦とリチャードの結婚が結びつかなくて、ミルキーは戸惑った。

「つまりね、自分達はお嬢様の父親代わりや母親代わりになれると主張しているの。侯爵様がお嬢様の母親役を務めてくれる令嬢と結婚してしまえば、あの夫婦が口出す隙《すき》はないということなのよ」

「なるほど……そうでしたか」

ミルキーはやっと納得できた。

それなら、ミルキーが思っていたよりずっと早く、リチャードは結婚するに違いない。

どこかの令嬢と。

ミルキーは胸に痛みを覚えた。

傷つくのは間違っている。リチャードは最初からわたしのものではないんだもの。わたしなんか、ただの戯《たわむ》れの相手なんだから。

「早くお嬢様が幸せになれればいいですね……」

ミルキーはそれだけを真剣に願っていた。そのために、リチャードが結婚するのだとしても、仕方のないことだ。どのみち、ミルキーには止める権利などない。

ただ……。

もし、そんな日が来たら、ミルキーは無理やりでもこの屋敷を出て、他のところで働くことになるだろう。

だって、彼の花嫁を間近に見て、暮らさなくてはならないとしたら、苦痛どころではないからよ。

想像しただけで、こんなに胸が痛むのだ。実際にそうなったときは、病気になって、寝込んでもおかしくはないだろう。ミルキーはオニール家にいたときのほうが、気持ちが楽だったことを思い出した。

だからといって、もうあそこには戻れない。マイケルの花嫁になるくらいなら、やはりメイドのほうがいいのだ。

ミルキーはやりかけていた掃除をするために、図書室に急いだ。

客間では話し声が続いていた。ベルにとっても、リチャードにとっても、きっと拷問《ごうもん》のような時間だろう。

ミルキーはもう何も考えたくなかった。一心不乱に、ただ埃《ほこり》を払っていく。そうして、掃除に没頭することで、嫌なことを考えないようにしたのだった。

しばらくして、ウォルター夫人がまたやってきた。

今度はかなり不機嫌そうな顔をしている。

「どうか、なさったんですか?」

彼女は厳しいときは厳しいが、基本的に優しい人で、いつもは朗《ほが》らかな顔をしている。これほど不機嫌だということは、よほどのことがあったということだ。ベルの父方の伯父夫婦が、彼女に何か嫌なことでも言ったのだろうか。

「あの方達、急にこの屋敷に泊まると言い出したのよ。こっちは、そんな用意なんてしてないのに。近くの宿屋で部屋が取れなかったんですって。だったら、突然訪ねてくるんじゃなくて、前もって手紙で知らせてくれればいいのに。夕食の食材だって、今から買いにいかなくちゃならないのよ」

ウォルター夫人が怒るのも判る気がする。人手が足りないから、掃除も全体に行き届いていない。突然、客が泊まると言われても、部屋の掃除から始めなくてはならないのだ。

しかも、もう午後になっているというのに。

けれども、客が泊めてくれと言っているのに、リチャードも嫌だと言うわけにはいかない。彼だって、嫌っている二人を自分の屋敷に泊めたくないだろうが。

とにかく、今からでも間に合うように支度《したく》しなければならない。リチャードが客のもてなしもできないと噂《うわさ》されてしまうのは、避けたかった。

「本当に困りますよね。わたし、お買い物に行きましょうか？　それとも、お掃除のほうを？」

ウォルター夫人は苦笑した。

「そうね。文句を言っても仕方ないわよね。買い物は他の人がもう行ったから、掃除のほうを手伝って。西の棟にある緑の部屋よ」

「はい！」

ミルキーは早速、指示された部屋に向かい、他のメイド達と一緒に掃除を始めた。西の棟はあまり掃除がされていないが、リチャードやベルの部屋とはかなり離れている。どうやら、リチャードはあの夫婦を自分達に近づけたくないらしい。

とはいえ、日頃使ってない部屋を準備するのは大変だった。最後に新しい清潔なシーツをベッドに敷き、部屋の支度が終わった。掃除用具を片づけていると、客の荷物が運び込まれてくる。客についてきた小間使《こまづか》いがこれから荷解《にほど》きをするのだろう。

ともかく、掃除は間に合ったが、これから風呂の用意などもしなくてはならない。主寝室には浴槽《よくそう》が設置してあり、水や温かいお湯も出るように配管してあるが、他の部屋は昔ながらの方式で、浴槽を持ち込むところから始めることになる。もちろん、使った後の湯の始末も、使用人の仕事だった。

ミルキーは忙しいのが好きといっても、まだメイドの仕事に慣れているというわけではないから、疲労が激しかった。

リチャードが極悪な侯爵でなくても、仕事量がこれほど多い日が続いたら、やはりメイドもやめてしまうに違いない。給金を多くもらっても割に合わないと考える人がいても、おかしくはなかった。

ウォルター夫人の指示で、交代で少しずつ休憩を取ることになったが、ミルキーの番は夕食の少し前の時間だった。食事の後片付けの手伝いは残っているが、とりあえず、今日の仕事はそれだけだ。ミルキーが厨房《ちゅうぼう》から繋《つな》がる廊下《ろうか》を歩いていると、音楽室のほうから誰かがひそひそと話している声が耳に入ってきた。

声の主はあの客夫婦だった。扉が少し開いていることに気づいてないらしい。盗み聞きする趣味はないので、黙って通りすぎようとしたが、次の言葉に足を止めた。

「侯爵がどうにかならない限り、あの子を手放しそうにないな。いっそ事故か何かで、死んでしまえばいいのに」

彼らはリチャードの死を願っているのだ。それにしても、なんと恐ろしいことを口にしているのだろう。そのリチャードの屋敷に泊まろうとしているくせに。

ミルキーは憤然として、その続きを立ち聞きした。

「そうよね。今なら、結婚もしていないし、彼の遺産もあの子が半分くらいもらうんじゃないかしら」

「侯爵の母親だって、そんなに長いこと生きるわけでもないだろうしね」

「まあ……じゃあ、ベルは金持ちじゃないの！」

「そして、ベルの後見をする私達が……」

二人は忍び笑いをしている。一体、彼らは何を想像しているのだろう。万が一のことがあったとしても、遺産はベルのものだ。横取りするのが当たり前みたいに思うのは、間違っている。

「でも、侯爵が事故に遭《あ》うのを待っていたって、どうにもならないわよ。何か犯人が判らないような殺し方はないものかしら」

「いや、まさか、そんなこと……」

「殺し屋を雇うのは、どうかしら」

「そうだな……。いや、それより……」

二人の話は次第にエスカレートしていき、ミルキーは聞いていられず、その場から去った。

ああ、なんてこと……！

あの夫婦はリチャードを殺そうと思っているのだ。本気で実行するかどうかは判らないが、考えるだけでもそんなことは罪ではないだろうか。

しかも、ベルの遺産を横取りしたいがために、そんな恐ろしいことを計画しているのだ。それなのに、客人のふりをして、ここに泊まろうとしている。

これは絶対にリチャードに教えてあげなくては！

彼に身の危険が迫っている。人殺しなんて、メリー村では聞いたことのない話だが、世の中には恐ろしいことを考え、実行する人がいるものだ。いらなくなった新聞紙を片づけるときに読んだりしていたが、あれに殺人事件の詳細が載っていた。きっと現実のことなのだ。

リチャードの身を守らなくてはならない。もちろん、ベルのためにも。リチャードのような保護者がいなくなったら、ベルはきっと財産をあの夫婦に奪い取られてしまうに決まっている。

とにかく、誰にも、リチャードとベルを傷つけさせたりしないわ！

それが、ミルキーには何より大切なことだと思えた。

夕食後も、あの夫婦はリチャードと談笑していた。夜も更けたが、ミルキーはあの夫婦が寝室に行くまで、いろんな用事をつくって一階に留まるつもりだった。

ウォルター夫人に、もう部屋に戻っていいと言われたのだが、あの夫婦の計画を立ち聞きしたミルキーにしてみれば、リチャードとベルを守らなくてはならないという意識が高まっていて、とても安穏《あんのん》と休んではいられなかったのだ。

早く明日になって、彼らがこの屋敷から出ていけばいいのに。

けれども、彼らは殺し屋を雇うかもしれない。殺し屋というものが本当にいるのかどうか知らないが、もしいるとしたら、ミルキーは心が休まらないだろう。常にリチャードの安全に気を配らなくてはならないからだ。

階段のところで挨拶《あいさつ》する声が聞こえた。やっと寝室に引き上げるつもりらしい。しばらく待って、ミルキーはこっそり書斎に向かった。

ところが、書斎には誰もいない。リチャードも客の相手に疲れたのか、寝室に行ってしまったのだ。

ああ、どうしよう。

彼らの計画は早く伝えたほうがいい。早ければ早いほうが役に立つはずだ。ひどいことを口にしていても、そこまで悪い人達だとは思っていなかったのに。殺人も平気な人間が、この屋敷の中にいると思っただけで、落ち着かない。

ミルキーは決心して、リチャードの部屋に近づいた。

なんだかドキドキする。いや、これは必要なことだからしているだけだ。変な目的で、彼の部屋を訪ねるわけではない。

扉をノックすると、中から返事があった。ミルキーは恐る恐る扉を開ける。リチャードは上着を脱いで、クラヴァットを外したシャツ姿だった。シャツのボタンは上から何個か外していて、胸が少し見えている。

彼は一人だけで、側仕えは部屋にいないようだった。

「何かあったのか?」

彼は少し非難を帯びた声で尋ねた。こんな夜更けに、メイドが主人の部屋に、用もないに来てはいけないということなのだろう。

「あの……どうしてもお知らせしておきたいことがあったんです」

これだけは、早めに言っておいたほうがいい。そのために、ミルキーはこんな時間まで起きて待っていたのだ。

「判った……。それなら、こちらで話を聞こう」

彼の部屋は何部屋にも分かれていて、ここは居間のようなところだ。ソファやテーブルが置いてあり、小さな書き物机もある。ミルキーはソファに腰かけたが、テーブルに花瓶《かびん》があり、赤い薔薇《ばら》が何本か活《い》けてあるのを見て、顔を赤らめた。リチャードはこれを見て、謝罪の印に赤い薔薇をミルキーの部屋に届けようと考えたのだ。

ミルキーが彼の部屋に入ったのは初めてだった。掃除は別のメイドがしているからだ。そう思うと、余計に自分がこんなところにいてはいけないのではないかと、落ち着かなくなってくる。

リチャードは冷ややかな態度で、テーブルを挟んだ向かい側の椅子《いす》に腰かけた。隣に座っているると、また同じことを繰り返してしまうからだろう。本当なら、二人きりになってはいけないのだから。

それでも、そんな冷たい態度を取ってほしくない。わがままかもしれないが、優しくなくてもいいから、せめて穏やかな雰囲気《ふんいき》でいてほしい。彼に冷たくされると、ミルキーは途端に落ち込んでくるからだ。

わたしなんか、価値のない人間のような気がしてきて……。

「それで？　何を知らせたいんだ？」

彼は素っ気なく尋ねた。

「あの……わたし、廊下《ろうか》を歩いていたら、あの人達……ベルの伯父様《おじさま》達の会話を偶然聞いてしまったんです」

「立ち聞きしたのか？」

顔をしかめられて、ミルキーは傷ついた。そんな言い方をしてもらいたくない。確かに立ち聞きはよくないことではあるが。

「たまたま耳に入っただけです。扉が少し開いてたんですもの」

「言い訳はいい。それで、彼らは何を話していたと言うんだ？」

せっかくリチャードに知らせようと意気込んできたのに、ミルキーは彼の冷淡な態度にすっかり落胆《らくたん》していた。しかし、客の話を立ち聞きしたと非難されようが、大事なことだから伝えなくてはならない。

「あの二人は侯爵様を殺す計画を練《ね》っていました」

一瞬、間があり、リチャードはふっと息を吐いた。

「……殺す……と、そう言っていたのか？」

「はい。最初は、侯爵様がいなければいいのに、という話をしていたんです。そうしたら、ベルの後見人になれるからって。でも、それはベルのご両親の遺産目当てで……。もし侯爵様が亡くなったら、その遺産のことまで話していました。侯爵様のお母様のことまで」

母親のことを言われたリチャードの顔つきが突然変わった。彼は自分のことより、母親のほうが大事なのだ。

「とんでもない奴らだな。彼らが私を邪魔に思っていることは知っている。実行するかどうかはともかくとして、殺してでも……と考えていることは、薄々は気づいていた。だから、遺言《ゆいごん》書《しょ》を書いて、友人を新たな後見人に指定したことも話しておいたのだが……。きっと、それを有耶無耶《うやむや》にして、血が繋《つな》がっているということで、自分達が引き取るつもりなんだろうな」

「ベルが可愛《かわい》いから引き取りたいというなら判りますけど、お金のためだけに、そんなことを企《たくら》む人の気が知れません」

「そうだろうな……。普通はそうだ」

リチャードの口元に笑みが浮かんだので、ミルキーはほっとした。だが、彼はすぐに口元を引き締めた。

「だから、あいつらの企みを立ち聞きなどしてはいけない。彼らは何をするか判らない。使用人は人間とも思っていない連中なんだ。おまえが聞いていたと知ったら、脅《おど》かしてきたかもしれない」

つまり、リチャードはミルキーが立ち聞きしていたことを怒ったのではなく、その後で危害を加えられたかもしれないと思って、心配してくれていたのだ。

嬉しい……！

ミルキーの胸の中は熱くなった。

「そんなひどい人達だったなんて……。このお屋敷に泊めたくはなかったでしょう？」

「君達だって、彼らには泊まってほしくなかったのにな」

リチャードに笑われて、ミルキーは自分達メイドがどんなに不満を持っていたのか知られていたのだと判った。

「すみません。でも、侯爵様が不意のお客をもてなせないと思われたら嫌だから、わたし達、頑張ったんです」

「ああ、判っている。ありがとう」

彼が心からお礼を言ってくれている。それがミルキーの心に伝わってきて、またもや胸が熱くなってきて、感激してしまった。

「それに、わたし、ベルが可哀想《かわいそう》で……。お金だけが目当てなんて、信じられない。わたしの叔父《おじ》はお金なんかなくても引き取ってくれたのに」

思わず口が滑ってしまい、ミルキーは慌てて自分の口を手で塞いだ。

リチャードは驚いたように、ミルキーの顔を見つめている。

「君が子守りをしていたオニール家は、叔父さんの家だったんだな？」

「あ、あの……」

「正直に言うんだ。ミルキー……私は嘘が嫌いだ」

彼の目が鋭い眼差《まなざ》しに変わったので、ミルキーはうつむき、もじもじと指を動かした。

「あの、えっと……そうです。叔父の家で子守りをしていました。それがわたしの仕事だからって」

「それなら、どうしてそう言わなかったんだ？」

「オニール家はこの辺の地主の中では裕福なほうです。上流階級との付き合いもあるのに、叔父の評判を落としたくないわ。引き取ってもらったことには恩があるわけだし。でも、姪《めい》を子守り扱いしていたなんて、あまり聞こえはよくないと思うんです」

それを聞いたリチャードは大きく溜息をつき、額に手を当てた。

「聞こえがよくないどころか……。君の叔父さんはひどい男だよ。貧乏ならともかく、裕福なら尚更だ。私はベルから、君もご両親を小さい頃に亡くして、誰かに引き取られたと言っていたから、知人か誰かなのだろうと思っていた。まさか、血の繋《つな》がった叔父に……」

彼は信じられないというふうに、頭を左右に振った。彼にしてみれば、確かに信じられないだろう。しかし、世の中にはいろんな人がいる。それこそ金のために殺人を犯す人もいれば、姪を我が子のように可愛がる人もいるわけだ。

たまたま、ダンカンが姪を子守り代わりに使ったとしても、やはりミルキーは責められない。路頭に迷うことはなかったし、追い出すときも、わざわざ侯爵のメイドになればいいとまで教えてくれたのだ。

遺産を奪うためにベルを引き取ろうとする人達よりは、ずいぶんましと言えるだろう。

「君は叔父さんを恨んだりしないのか？　君の親戚《しんせき》がすぐそこの屋敷でのんびり暮らしているというのに、君はこうして身を粉にして働かなくてはならない。そのことを理不尽に感じたりしないのか？」

「だって、血が繋がっていても、叔父夫婦はわたしの両親ではないし、家族というわけではないから……。いとこを羨《うらや》ましく思うことはありましたよ、もちろん。おいしい食べ物を食べて、綺麗《きれい》な服を着て、家庭教師について、いろんなことを教わっているのを見ていたから。でも、自分のものではない幸せを羨んでも仕方ないでしょう？」

それは、きっと誰だって同じだと思うのだ。貧しい家に生まれついたら、その中で懸命に生きていけばいい。それに、ベルのように、財産があっても、強欲な親戚に狙われている人もいる。その場合、どちらが幸せかは判らない。

「君は……不思議だな」

ミルキーは目をしばたたいた。

「どこが不思議なんでしょう？」

不思議なことなど、口にしただろうか。ミルキーはまるで覚えがなかった。

「いや、判らないならいい。ただ、君がずっとそんなふうに素直で純真な性格のままでいてほしいと願うだけだ」

リチャードに褒《ほ》められて、ミルキーは嬉しくなってしまった。

もっとも、それほど自分は素直でも、純真でもないと思うのだが。かなり褒めすぎだ。叔父の家から来たということを黙っていたわけだし、結果的にリチャードを騙《だま》していたことになる。それに、ベルの伯父夫婦が泊まることで、他のメイド達とずいぶん愚痴《ぐち》を言った。立ち聞きはするし、告げ口もしている。純真とは程遠いと思う。

「わたしの叔父は、お金目当てではなかったわけだし、それで充分です。というより、遺産なんてなかったから、よかったんだわ」

最初からないものは、狙われない。あったとしたら、ダンカンも遺産狙いになっただろうか。

いや、あれほど裕福なのだから、そんなことはないだろう。

しかし、遺産さえあれば、自分は惨《みじ》めな暮らしはしなくて済んだのだ。だとしたら、やはり多少の遺産はあったほうがいいということだろうか。

リチャードは椅子から身を乗り出すようにして尋ねてきた。

「君のご両親は何も残さなかったのか？」

「そんなふうに聞いています。わたしは両親とロンドンで暮らしていたんです。ある日突然、留守番していたわたしは、両親が事故で亡くなったことを聞かされました。そして、迎えにきた叔父に引き取られました。父は事業を営んでいたんですが、結局も借金しか残されていなかったそうです。叔父はその借金も清算してくれて……だから子守り扱いでも、文句は言えませんよね」

「確かに、文句は言えないかもしれないが、世間的にあまり聞こえはよくないはずだ。それで、君はどうしてメイドに……？」

ミルキーは顔を赤らめた。

結婚を強要された話なんて、彼は聞きたくないかもしれない。というより、ミルキーは話したくなかった。オニール家の若奥様になるより、侯爵のメイドになるほうがよかったなんて、どこかおかしいと思われるかもしれない。

「ミルキー……正直に言うように言ったはずだ」

「はい……。あの……マイケルと結婚しろと言われたんです。でも、わたしは絶対に嫌だって言ったら、それなら出ていけって。極悪な侯爵のメイドにでもなれって……」

ミルキーはまた自分の口を押さえた。本人に、極悪な侯爵だと呼ばれていることを、わざわざ言うことはないからだ。

リチャードはクスッと笑った。

「極悪な侯爵と呼ばれているのは知っている。そのために、近隣の村人から働き手がないということも」

「でも、どうして、そんなふうに噂《うわさ》になっていたのか判りません。わたし、どんな人が雇い主になるのかと、最初はとても怖くて……。少し厳しいけど、普通の人なのにって……」

「借地料のことで、いろいろ問題が起こったんだ。私のやり方が強引だったのかもしれないが、悪く受け取られて、変な噂が流れてしまった。爵位を継ぐ前は、ほとんどロンドンで暮らしていたから、村人の考え方が判ってなかったんだろう」

つまり、自分もリチャードも同じロンドンにいた頃があったのだと思うと、少し嬉しい。といっても、その頃のミルキーは裕福な暮らしをしていたものの、小さな子供だった。リチャードと知り合うこともなかっただろう。

「あの……わたしがこんなことを言うのはよくないと思うんですけど、メイドの人数がかなり足りないんじゃないかと……」

「ああ、判っている。私は何も君達を過酷《かこく》な条件で働かせたいわけじゃない。もっと遠くの村に声をかけているから、もう少ししたら改善されるはずだ」

ミルキーはほっとした。自分達が大変だということもあるが、やはりリチャードがそのことで非難されてほしくないと思うからだ。

「ここで働く人が増えれば、メリー村でも評判が回復できますよ。わたしも村に出かけたら、侯爵様は極悪なんかじゃないって触れ回っておきますから！」

ミルキーがそう言うと、リチャードは目を細めて微笑《ほほえ》んだ。

彼と目が合うと、ドキドキしてくる。やはり、こんなふうに微笑むと、とても優しげな顔つきになるのだ。

「それで、マイケルという男とは結婚したくなかったのか？」

「はい……。マイケルは従兄弟《いとこ》なんです。あんな乱暴者と結婚なんかしたくありません！」

「従兄弟ということは、つまり……オニール家の？」

「叔父の長男です」

リチャードは眉《まゆ》をひそめた。

「それは……少しおかしくないかな。今まで君を子守り扱いしておいて、今になって長男と結婚しろと……？」

「わたしも判りません。でも、マイケルのことは大嫌いですから、みんなに嫌われて、他の結婚相手を見つけられないのかもしれません」

なんだか、それが真実のような気がしてくる。そうでなければ、説明がつかないからだ。

「そんなに嫌な男なのか？」

「ええ！　いつも、わたしの胸を見てくるし……」

彼の視線がミルキーの胸に移動するのに気づいて、顔を赤らめた。彼は咳払《せきばら》いをした。

「いや、すまない。私も君の胸はつい見てしまう」

「いいんです！　あ……いえ、その、マイケルはいやらしいから……」

「私もいやらしく見てしまったような気がするが」

「でも、侯爵様は違いますから！」

結局のところ、同じような目つきで見られたとしても、マイケルのことは嫌いだが、リチャードのことは好きだから構わないのだ。

ミルキーは頬が熱くなり、自分の両手で押さえた。

「だって……」

「もしかすると……君は私が好きなのか？」

頬がますます熱くなってきて、ミルキーは自分の顔を両手で覆《おお》った。

「ミルキー……」

彼が立ち上がる気配がする。そして、ミルキーの横に座った。

リチャードを好きだということが、彼に判ってしまった。けれども、キスどころか、それ以上のことまで許してしまったのだから、本当はとっくに気づかれていてもおかしくはなかったのだ。

彼は遊びであんなことまでできるのかもしれないが、ミルキーには無理だ。好きだからこそ、彼に翻弄《ほんろう》されてしまった。

ミルキーは不意に、あのとき受けた愛撫《あいぶ》のことを思い出した。乳房を掌《てのひら》で覆われ、撫《な》でられたこと。それから、乳首を指で摘《つ》ままれ、その唇に含まれたこと。舌の感触や吸いつかれたときの快感も、頭に甦《よみがえ》ってくる。

それだけならまだしも、彼はドロワーズの中にまで、手を入れてきた。

彼の指がそっと秘裂《ひれつ》をなぞってきて……。

ミルキーはあのときのことを思い出しただけで、下半身がじんと痺《しび》れてきたような気がした。

「ミルキー……」

彼が優しく肩に手をかける。顔を上げると、彼の銀灰色の瞳が自分を見つめていた。

ドキン。

たちまち胸が高鳴り、彼のことしか考えられなくなってくる。どうして、彼に触れられると、自分はこんなふうになってしまうのだろう。

彼の眼差《まなざ》しが唇に注がれる。ミルキーはそれに気がつき、唇を思わず舌で舐《な》めてしまった。

何もされていないのに、身体《からだ》がゾクゾクしてくる。これから何をされるのか、もう心では判っているのかもしれない。甘い期待に身を任せてしまいたい。どうにもならないほど、身体が彼を求めているのだ。

「キスして……」

気がつくと、ミルキーはそう呟《つぶや》いていた。

言わずにはいられなかった。ねだってはいけないと判っているのに、抑えが利《き》かない。

二人は引き合うように、自然にキスをしていた。

彼の唇はわたしのもので、わたしの唇は彼のもの。

これが正しいことかどうかは判らない。間違ったことかもしれないと思ってみても、歯止めが利《き》かなかった。

二人が惹《ひ》かれ合う気持ちが強すぎる。誰にも邪魔されないくらいの強力なものだった。

いつの間にか手を繋《つな》いでいた。両手でしっかりと手を繋ぎながら、口づけを交わす。ミルキーにとって、すべてを捧げる男性はもはやリチャード以外に考えられなかった。

わずかの間に、彼を好きになった。いや、最初に見たときから好きになっていたのだ。

わたしを助けてくれる王子様にも等しい人だったから。

それでも、最初の頃の印象は悪かった。冷たかったり、厳しかったり、意地悪だったり……。

しかし、結局のところ、そんなことも障害にはならなかった。ミルキーは彼のことが好きでならない。彼が侯爵で、ミルキーとは身分が違っていたとしても、もうこの気持ちは止められなかった。

彼のキスに、ミルキーは全力で応えた。身体をすり寄せ、彼の首に腕を巻きつけ、自分のほうに引き寄せる。自分がこんな大胆《だいたん》なことをしているなんて、とても信じられなかった。けれども、彼と身体を触れ合わせなければ、我慢ができなかった。

そう。もっと彼の近くにいたい。限界ギリギリまで傍に寄りたい。そのためには、身体をすり寄せることしかできなかった。これ以上は無理だから。

胸がドキドキしている。彼もまた同じように鼓動が速くなっているのが伝わってきて、身体が熱くなってくる。

リチャードは唇を離すと、もっとしっかりとミルキーの身体を抱き締めてきた。

「ああ……ミルキー……！」

彼の身体が震えている。情熱を抑えつけようとしているのだ。彼は二人きりになってはいけないと言った。このまま進んではいけないと、彼も頭では判っているが、身体が言うことを聞かないのだ。

そして、それはミルキーの側も同じだった。

ああ、でも……。

どうしても我慢できないの。

淫《みだ》らだと言われてもいい。はしたないと思われてもいい。彼と行き着くところまで行ってしまいたかった。

ミルキーは彼の背中に手を這《は》わせた。自分とは違う身体の感触に陶然《とうぜん》となる。男らしい硬い筋肉に覆われた身体だからだ。

不意に、リチャードはミルキーの身体を離した。またここで突き放されるのかと、ミルキーは一瞬落胆《らくたん》する。しかし、彼はミルキーの身体をふわりと抱き上げた。

彼は自分をどこに連れていこうとしているのだろうか。

居間の隣は寝室となっていた。暗い寝室には、四柱式のベッドが置いてあって、彼はそこにミルキーをそっと下ろした。そして、ミルキーの脚から靴《くつ》を取り去り、放り投げる。

「……明かりをつけてもいいか？」

ミルキーは頷《うなず》いた。これから何をされるのか、本当のところよく判っていないのだが、彼がすることを見ていたかった。

だって、これがわたしの初めての体験なんだもの。

何があっても、後悔しない。彼のことが好きで好きでたまらない。彼に触れたくて、身体がウズウズしていた。

リチャードはベッドの横にあるナイトテーブルにあったランプの明かりをつけた。ほんのりと、明かりが広がっていき、ミルキーは彼の乱れた黒髪を見つめた。そういえば、キスしたときに、無意識のうちに、ミルキーは彼の髪に手を差し込み、乱してしまったのだ。

ああ、なんて素敵なのかしら……。

彼がどんな格好をしていても、ミルキーはそう思うに違いない。こんな素敵な人と、今から自分は特別なことをするのだ。

彼はミルキーに覆いかぶさり、再び唇を重ねてきた。

「ん……んっ……っ」

彼の唇の感触も好き。

舌が淫《みだ》らに動いて、ミルキーをうっとりさせていく。彼はキスをしながら、エプロンのリボンを解き、メイド服の前ボタンを外していった。手を差し入れられて、身体がビクンと震える。シュミーズの下に手が潜り込み、柔らかい胸に触れてきた。

「この胸の柔らかさが……たまらないんだ」

ミルキーは自分の胸が好きではなかった。メイド服はそうではないが、身体に合わないドレスを着せられていたときは、胸が目立って仕方がなかった。いっそ、胸など成長しないほうがいいとまで思っていた。

けれども、彼がこんなに胸のふくらみを気に入ってくれるなら、これでよかったのかもしれない。

リチャードはボタンを全部外してしまうと、胸をはだけさせるだけではなく、メイド服そのものを脱がせてしまった。シュミーズやペチコート、そして、その下のドロワーズといった下着だけが彼の目に晒《さら》される。あまり美しくはない古い下着を見られて、ミルキーは思わず胸の前で腕を交差させた。

「ダメだ……。隠さないでくれ」

「でも……こんな下着……」

「下着なんて。私が見たいのは、君の身体だ」

彼はミルキーが隠そうとした下着を次々に剝《は》いでいった。ドロワーズも足首から抜かれてしまって、ミルキーはどうしていいか判らなくなっていた。

下着を見られるのは恥ずかしかった。けれども、一糸《いっし》まとわぬ姿で、彼の目の前で横たわっているのも恥ずかしい。

「思ったとおりだ。君の身体はどこもかしこも美しい……」

賞賛の眼差しを注がれて、ミルキーは頰《ほお》を赤く染めた。

彼はミルキーの乳房を両手で持ち上げる。柔らかい胸が彼の手の中で形を変えた。彼はその感触を味わいながら、唇を寄せていった。

「あ…んっ……あっ」

ミルキーは乳房への愛撫《あいぶ》に、甘く切ない声を上げた。

「君の胸は敏感なんだな」

「だ、だって……」

彼に胸を撫《な》でられたり、キスをされると、それだけで気持ちよくなってきてしまうのだ。これが敏感だということなのだろうか。

「いや、悪いことはない。それどころか、君がこんなに敏感で嬉しい」

彼はその言葉どおり、乳房と乳首をたっぷりと愛撫した。彼の唇が乳房に押しつけられるたびに、ミルキーは声を上げた。彼がこれほどまでに自分の胸に興味を示してくれることが嬉しかった。

マイケルには視線を向けられるだけでも、ぞっとして嫌だったけど。

やがて、胸だけではなく、身体のあちこちにキスをされる。ミルキーは身体を震わせながら、彼のキスや愛撫を受けていく。

彼の柔らかいベッドで、ミルキーは快感に身体をくねらせた。もう、身も心もすべてリチャードのものになっている。

やがて、彼はミルキーの太腿《ふともも》に触れてきた。

「あ……やぁっ……」

ミルキーはビクンと身体を大きく震わせた。前に脚の間を触られたときは、とても気持ちがよかった。けれども、そんなふうに感じる自分が怖くもあった。

彼はミルキーの太腿に両手をかけて、容赦《ようしゃ》なく開いていく。

「そんな……いやっ……」

さすがに脚を閉じようとしたが、彼はそれを許さなかった。それどころか、両脚を大きく開いていく。

ミルキーは顔が真っ赤になった。こんなところまで見られるとは思わなかったのだ。両脚を開いた上で、ぐっと押し上げてくる。

「ああ……」

ミルキーはあまりのいやらしい格好に、泣きそうになった。

「いや……こんなの……」

「許してくれ。私は君のすべてが見たいんだよ」

リチャードは開いた脚の間にも顔を近づけ、キスをしてくる。ミルキーは驚いて、身体を強《こわ》張《ば》らせた。

あまりのことに、言葉が出てこない。前に指でなぞられた秘裂《ひれつ》を、今度は彼の唇がなぞっている。そして、彼の舌も。

「……あ…あっ……」

小さな声がミルキーの口から飛び出した。

そんな部分もキスをされると、気持ちよくなってきて、身体が震えてくる。彼にここまで恥ずかしいことをされているのに、感じたくなんかない。そう思いながらも、やはり感じてしまう。もう、どうにもならなかった。

彼の舌の動きが大胆になってくる。花弁の中に抉《えぐ》るように入ってきて、ミルキーは信じられない思いでいっぱいになった。けれども、ミルキーの気持ちとは裏腹に、やはり快感を覚えてしまう。

下半身が甘く痺《しび》れていき、身体を震わせた。

ただ、彼に翻弄《ほんろう》される自分。

それが惨《みじ》めでもあり、何故だかある部分では誇らしく思った。大好きなリチャードがこんなことまでしてくれていると思ったら……。

恥ずかしくてたまらないのに、感じてしまう。それもまた不思議だった。

「こんなに……蕩《とろ》けてきて……」

彼は唇を離すと、指を挿入してきた。

「あぁっ……や、ぁっ……」

思わず彼の指を締めつけた。中で指が動いているのが確かに判る。内部に敏感な部分があり、指はそこを擦っていく。

身体がビクビクと震えた。指だけでこんなに翻弄され、感じさせられてしまうのが、悔しくもある。

「わ…たし……ぁっ……」

何か話そうとしても、今は無駄なのだ。言葉になんかならない。

感じすぎて、高みに押し上げられそうになり、ミルキーはギュッと目を閉じた。が、熱い波が襲ってくるその直前で、彼は指を引き抜く。

「えっ……?」

驚いて目を開けた。すると、彼が服を脱いでいるところが見える。

ミルキーは目を丸くして、それを見つめた。シャツを脱ぎ捨て、上半身が露わになる。初めて見る彼の身体に、ミルキーはうっとりしてしまう。

なんて……なんて素敵なの!

筋肉質の硬い身体で、柔らかい丸みを帯びた自分の身体とはあまりにも対照的だった。彼はズボンに手をかけ、それを下に下ろしていく。下穿《したば》きも一緒に脱いでいるようで、ミルキーは声も出せなかった。

彼の股間《こかん》が……。

男性にそういうものがあるのは知っている。子守りをしていたときに、マイケルの弟の裸くらいは見たことがあるし、お風呂に入れたこともある。けれども、成人男性のそこを見たのは、今日が初めてだった。

彼のそこはとてもたくましく、硬く勃《た》ち上がっていた。ミルキーは驚きすぎて、視線が離せない。その反応に気づき、彼は面白そうに目をきらめかせた。

しかし、彼は余計なことなど何も言わなかった。そのままミルキーに自分の身体を重ねていく。

ミルキーははっとして、大きく目を見開いた。

熱い身体が重なり合う。肌が直に触れ合い、擦れ合う。今までの快感とは種類が違うものの、自信を持って、これが一番気持ちがいいと言えた。

彼の硬い胸板に自分の柔らかい乳房が当たり、ミルキーの中に幸福感が溢《あふ》れた。

脚の間に、彼の硬いものが擦れていき、ドキッとする。彼が少し腰を動かすと、それもまた一緒に動いていく。

「あ…ぁぁっ……」

ミルキーの全身がカッと熱くなった。

彼が今までしていたことは、どんなに恥ずかしくて、どんなに気持ちがよくても、行為そのものではなかったのだ。

これからが、本当の男女の行為で……。

なんとなく、これから何をされるのか、ミルキーには判ったような気がした。少し怖いが、それ以上に、自分の中に彼が欲しいという気持ちが芽生《めば》えてくる。

だって……。

今、二人の身体は直に触れ合っている。何も着ていない生まれたままの姿だから、二人の間を隔《へだ》てるものは何もない。だが、これ以上、彼に近づく方法があった。それを彼は今からするのだ。

ミルキーは彼の腕に触れて、手を滑らせた。彼は軽くキスをすると、ミルキーの両脚を押し上げ、蕩《とろ》けている秘部に己のものをあてがった。そして、ぐっと腰を押し進めてきた。

「……うぅっ……ん……っ」

まるで切り裂かれるような痛みを感じて、ミルキーはギュッと目を閉じた。すると、彼はそれを宥《なだ》めるように髪を撫でてくる。

「力を抜くんだ……」

彼の低い囁《ささや》きが、ミルキーの気持ちを楽にしてくれた。痛いけれども、彼といよいよ結ばれるのだという嬉しさが、ミルキーの胸に芽生えてくる。

これが自分の望んだことだ。

彼が欲しくてたまらなかったのだから。

やがて、彼は根元まで己のものを収めた。身体の奥まで、彼でいっぱいになっている。ミルキーは嬉しかった。今、自分と彼はどんな方法よりもぴったりと身体がくっついていると思うと、幸福感が胸に押し寄せてくる。

「大丈夫か？」

彼の心配する声さえも、心地よかった。ミルキーは彼の身体に手を回して、抱き締める。

今だけ、彼はわたしのもの……。

先のことなんて、どうでもいいの。今が幸せならば。報われない恋でもいい。

ああ、わたし……彼を愛してる！

どんなものより、ミルキーは彼を愛していた。いや、愛していなければ、こんなことはできない。他人と肌を合わせて、身体を繋げるなんて、相手を愛しているからこそ、できることなのだ。

まして、こんな先の見えない状況なのに、乙女の大事なものを捧げるのは、愛していればこそだった。

彼が腰を動かした。すると、中のものも動いていく。それが内壁に擦れていき、新たな快感を生み出す。

「…あ…ぁあっ……ん」

甘い淫らな声が自分の口から飛び出してきた。

もう痛みはない。それどころか、とても気持ちがよくて……。

今まで感じすぎて、頭の中が混乱しているのかもしれない。そう思えてしまうほど、ミルキーの身体は彼に翻弄《ほんろう》されていた。嵐のような激しい快感が、再びミルキーの身体の内部に湧き起こっている。

身体の芯が熱くなり、そして、それが徐々に全身に広がっていく。

彼の身体に回した手に力を入れた。

「ああ……もうっ……！」

我慢できない。

ミルキーは背中を反らす。それと同時に、高みへと押し上げられていった。

「あぁあっ……あっ！」

鋭い快感に貫かれ、訳が判らなくなる。リチャードがミルキーの身体を強く抱き締めた。ぐっと腰を押しつけてきて、彼もまた達したようだった。

二人はしばらくそのままお互いの身体に腕を回して、抱き合っていた。

お互いの鼓動や呼吸が普通に戻るまで、快楽に酔う。この結果がどうなるのかなんて、今はまだ考えたくない。

でも……わたしは後悔しないわ。

だって、そう決めたんだもの。

愛《いと》しい人にすべてを捧げた。愚かなことだと、誰に言われてもいい。自分はすべきことをしたのだ。

やがて、リチャードが身体を離した。

ミルキーは彼を見上げ、微笑《ほほえ》みかけた。しかし、彼のほうは視線を逸《そ》らしている。その表情を見たとき、胸が何か鋭いもので抉《えぐ》られたような気がした。

彼は後悔をしている。

それがとても悲しかった。

そうよね……。わたしはただのメイドだもの。

本来なら、主寝室は彼と彼の未来の妻のためのものだ。このベッドで、ミルキーなど抱く予定ではなかったはずだ。

彼は下穿《したば》きを身に着けると、視線を逸《そ》らしながらミルキーに言った。

「ここには浴室がある。君の身体を綺麗《きれい》にしてやろう」

「……お風呂に入れるの？」

それは嬉しい。身体を清潔にする習慣はあったが、のんびりお湯に浸かったりすることは、あまりできないからだ。

けれども、それより彼が目を見て、微笑んでくれたら、もっと嬉しい気持ちになっただろう。風呂を使わせてくれるというのも、なんだか罪滅ぼしのようなものかもしれないと思うと、やはり悲しくなってくる。

このまま服を着て、屋根裏の自分の部屋に逃げ帰って、泣いてしまおうか。

一瞬そんな考えが過《よ》ぎったが、それはよくない。今、逃げても、ミルキーはこの屋敷のメイドなのだ。彼から逃げ続けることはできない。気まずくとも、今は彼の言うとおりにしたほうがよかった。

彼は親切にもミルキーのために浴槽《よくそう》に湯を溜めてくれた。

「おいで」

しかも、ミルキーを抱き上げて、浴室に連れていき、浴槽に入れてもくれた。

彼は冷たくなんかない。意地悪でもない。厳しいわけでもなかったが、それでもミルキーは彼に拒絶されたような気がしてならなかった。

でも……。

彼は充分優しくしてくれている。これ以上、彼に望んではいけない。

胸が張り裂けそうな気持ちになりながら、それでもミルキーは後悔するまいと決心していた。

第三章

優しいプロポーズ

翌日になっても、リチャードはまだ後悔していた。

一時の情熱にかられ、ミルキーの純潔を奪ってしまった。彼女と結婚する気などないのに、どうしてあんなことをしてしまったのだろう。

しかし、彼女に好かれていると判ったとき、心の中で自分をそれまで留めていたものが外れてしまったのだ。彼女を可愛《かわい》いと思い、その気持ちが止められなくなった。彼女を自分のものにせずにはいられなかったのだ。

それでも……やはりしてはならないことだった。

今の自分はまるであの自堕落《じだらく》な父親とそっくりだ。浮気を繰り返し、メイドにまで手を出す男だ。まして、そのメイドは処女だったというのに。

もし、彼女が身ごもってしまったら……。

あり得ないことではない。もしそうなったら、責任は取るつもりだ。逃げることは許されない。いや、そもそも、彼女を抱いてはいけなかったのだが。

一人きりの書斎で机についていたリチャードは、溜息をついた。

さっきから、自分の思考は堂々巡りだ。結局のところ、自分が抑えられなかったのが悪いのだ。彼女は男女の間にあることなど碌《ろく》に知らないようだったから、止めるのは自分しかいなかったというのに。

ベルの伯父《おじ》、ヘンリーとその妻が午前中のうちにさっさと帰ってくれてよかった。こんな気持ちのときに、客の相手をするなんて耐えられない。

それにしても、ヘンリーが自分を殺す計画を立てていたとは……。

それを実行に移すほど愚かではないと思うのだが、どうだろう。一応、こちらも何か手立てを考えなくてはならない。たとえば、用心棒を雇うとか、そういったことだ。

とはいえ、こののんびりとした土地に、殺し屋がやってくるとは思えない。気をつけなければならないのは、ロンドンに行ったときかもしれない。

ロンドンか……。

花嫁探しのことを思い出し、リチャードはまた溜息をついた。どうにも落ち着かない気持ちになり、椅子《いす》から立ち上がると、窓の向こうを見つめる。

ミルキーのことをまた考えてしまう。

彼女は働き者だ。時々失敗もしているようだが、顔に笑みを浮かべ、楽しそうに仕事をしている。何より素晴らしいのは、子供に接するときの態度だ。何かを押しつけたり、命令したりするわけではなく、友達のように接することで、たちまちベルの気持ちを惹《ひ》きつけ、本音を聞き出していた。

そして、顔は可愛く、その可愛い顔とは裏腹に、むしゃぶりつきたくなるほどいい身体《からだ》つきをしている。彼女の従兄弟《いとこ》のマイケルとやらがいやらしい目で見ていたというのも、判る気がする。

もっとも、彼女がそんな男の餌食《えじき》にならずに済んでよかったと思うが。

いや、私のような男の餌食になったのだから、あまりよくはないか。

リチャードは書斎の中をうろうろと歩き回った。そんなことをしたところで、なんの解決策にもならない。昨夜、自分が後悔していたせいで、彼女が悲しそうな顔をしていたのを見てしまった。

それを思い出すと、一層、後悔が押し寄せてくる。自分はなんということをしてしまったのだろうと、胸が締めつけられる。

ミルキーが部屋を訪ねてきたとき、彼女を中に入れなかったら、こんなことにはならなかった。

しかし、彼女が不安そうな表情で現れた瞬間、二人きりになりたいと思ってしまった。あの可愛らしい顔にはやはり勝てなかった。そう考えると、やはり昨夜のことは起こるべくして起こったことなのだろう。

つまり、彼女がこの屋敷のメイドでいる限り、遅かれ早かれ起こったことだ。

父の浮気性の血が、自分をそうさせたのだろうか。今まで、どんな女性にも、彼女に対するような強い気持ちを持ったことはなかったから、自分は父とは違うとずっと思っていたのに。

そうだ。私は父のような男にだけは、絶対になりたくない。

今も強くそう思っている。だが、現実には、メイドに手を出してしまった。

そのとき、扉がノックされた。一瞬、ミルキーかと思ったが、こんな時間に彼女が書斎に現れるはずがない。返事をすると、執事のウォルターが扉を開いた。

「お客様が見えているのですが……」

「誰だ？」

「ダンカン・オニールだそうです。メリー村の近くに地所を持つオニール家の主人ではないかと思います」

ミルキーの冷たい叔父《おじ》だ。彼がどうしてこの屋敷を訪ねてくるのだろう。

「なんの用だ？」

「いえ、侯爵様ではなく、ミルキーに会いたいと」

リチャードはウォルターに鋭い視線を向けた。

「まさか、会わせたわけではないだろうな？」

「まだです。侯爵様にお伺《うかが》いしてからと思いまして。ダンカン・オニールは息子のマイケルという男を連れていますが、どうもその男は柄《がら》がよくないようで、心配なのです……」

そんな男とミルキーを会わせたくないと、ウォルターも思ったのだろう。確かにリチャードもそう思うが、会わせないというわけにもいかない。ミルキーは未成年だし、恐らくその叔父が後見人だ。

もっとも、まともな後見人ではない。姪《めい》を子守りに使い、息子と結婚を強要しようとしたかと思うと、評判の悪いこの家にメイドとして働けと追い出したのだ。だが、そんな男達から、ミルキーを守ることこそ、彼女への償《つぐな》いになるのではないだろうか。

リチャードはそう考えて、ウォルターに指示を出した。

「彼らをここへ通すんだ。それから、ミルキーを連れてきてくれ」

「侯爵様もお会いになられるのですか？」

「雇い主として、責任があるからな」

もちろん、雇い主としてではなく、ミルキーに特別な関心がある男としてだ。しかし、そんなことをウォルターに知られるわけにはいかない。

ウォルターが出ていった後、少しして、また扉がノックされた。ウォルターが二人の男を連れてきていた。

初老の男がダンカンで、若い男がマイケルだろう。ダンカンはリチャードを見ると、大げさな笑みを浮かべ、リチャードに手を差し出した。

「侯爵様にお会いできるとは思っていませんでした。私はダンカン・オニールと申しまして、すぐ近くに地所を持つ者でございます。こちらは、私の息子でマイケルと申します」

リチャードは二人の顔を見た途端、嫌悪を感じた。手も触れたくなかったが、仕方なく握手をする。

二人をソファに腰かけさせ、テーブルを挟んで自分も座った。

「実はその……ミルキーに会いにきたのですが。一応、私は彼女の身内というか……遠い親戚《しんせき》でして」

「遠い親戚？　叔父と姪《めい》が？」

　ダンカンは顔を赤らめた。

「いや、その……いろいろあるのですよ。あの娘とはそりが合わなくてね」

　ミルキーにした仕打ちを考えると、そりが合うとか合わないとか、そういう話ではないと思ったが、リチャードは黙っていた。

「ミルキーはすぐに来るでしょう」

　そう言った途端、扉がまたノックされて、ウォルターに付き添われてミルキーが現れた。彼女は青い顔をしている。きっと、叔父や従兄弟が現れて、不安を感じているのだろう。そう思うと、リチャードは彼女に同情を覚えた。

「ミルキー！　心配していたんだよ」

　ダンカンは立ち上がると、立ち尽くすミルキーの傍に行き、両手を広げて、抱き締めた。しかし、彼女は迷惑そうな顔をしていた。こんな愛情を今まで示してもらったことなどないのだろう。きっと自分がこの場にいるから、叔父らしいポーズをつけているだけなのだ。

「侯爵様、よかったら私達だけで話をしたいのですが」

　つまり、侯爵は邪魔だと言いたいのだろう。しかし、ミルキーを一人にして、この男達と話をさせるわけにはいかなかった。

「遠慮《えんりよ》なさらずに、この場でどうぞ」

リチャードは彼の言葉を誤解したふりをして、そう言った。ダンカンは一瞬顔をしかめたが、すぐに作り笑顔になる。

「ミルキー、おまえが家を出るのを許したのは、メイドとして働いたら、どんなにつらいのか教えるためだった。もう、そろそろいいだろう？　家に帰ってきなさい」

リチャードは、ダンカンが姪を極悪な侯爵のところで働くように送り出したことを不思議に思っていたが、そういうことだったのかと納得した。メイドより、マイケルの妻になったほうがましと思わせたかったのだ。ところが、ミルキーがなかなか帰ってこないから、迎えにきたというわけだ。

リチャードはマイケルに目をやった。彼はミルキーをいやらしい目つきで見ている。それに気づいたとき、リチャードは怒りを覚えた。

ミルキーをそんな目で見るなんて許さない。

リチャードはそう思ってしまった自分に驚いた。まるで嫉妬《しつと》しているようだ。しかし、もしミルキーがこの男の妻になったらと考えると、猛烈に怒りが湧き起ってくる。

彼のことなどまるで知らない。けれども、ミルキーが彼を嫌っていることは知っているし、何より彼はだらしない顔つきをしている。一人前の大人としての顔をしていない。こんな男と結婚したら、ミルキーが苦労するに決まっている。

それに……。

ミルキーが彼に抱かれるところを想像して、ぞっとする。それは嫌だ。耐えられない。

誰になんと批判されてもいい。ミルキーを誰にも渡したくない。

ミルキーは私のものだ……！

夫でもないのに、権利を主張することはできない。だが、それでもミルキーを他の男の妻にはしたくなかった。せめて、もっときちんとした男ならいいが……。

リチャードはどこかの若い紳士とミルキーが抱き合っているところを想像してみたが、やはり無性に腹が立って仕方がない。その二人の間に子供が生まれ、幸せそうにしているところが頭に浮かび、断固としてその想像を打ち消した。

ミルキーはダンカンの手から逃れるように、後ろに下がった。

「わたし、ここで働くことに満足しています。帰る気はありません」

強張《こわば》った顔でそう宣言するミルキーに、ダンカンはムッとしたような表情をした。

「何を言ってるんだ。私はおまえの後見人だ。私の言うことを聞くんだ」

後見人は親と同等の権利や義務を負う。つまり、被後見人が未成年のうちは、かなりの部分で後見人の意志に左右されてしまうということだ。たとえば、後見人が同意しなければ、未成年のうちは勝手に結婚することは許されない。

逆に、後見人が結婚相手を選ぶことができるということだ。もっとも、完全に強制できるわけではない。ミルキーがダンカンに生活を依存していれば、強制することは可能だっただろうが、今はこうして働いて自活しているのだから、ダンカンが無理やり教会に引っ張っていって、誓いの言葉を言わせることはできないのだ。

やはりダンカンは、ミルキーがメイドなんてできないと、自分から折れて帰ってくることを望んでいたに違いない。何しろ、ここは極悪な侯爵の屋敷だと噂《うわさ》されているところだからだ。

ともあれ、ミルキーはダンカンのところに戻る気はなく、マイケルと結婚する気はもっとない。だとしたら、自分がすべきことは、オニール親子を撃退することだった。

リチャードは立ち上がり、ミルキーとダンカンの間に割って入った。

「申し訳ないが、彼女は今では侯爵家で働く大事なメイドだ。紹介状まで書いておいて、今更《いまさら》、戻ってこいとは何事かな」

リチャードはこんなふうに侯爵という爵位を振りかざしたことはなかった。侯爵位を継ぐ以前、子爵を名乗っていたこともあるが、その頃も誰かに貴族だと威張ったことはない。父親が尊敬できない男だったせいで、その爵位にも大した敬意を持っていなかったからだ。

だが、今はミルキーを守るために、侯爵であるということを前面に押し出した。相手を威圧し、言うことを聞かせねばならない。

ダンカンは困惑したように薄ら笑いを浮かべた。

「確かにそうですが……。この子は私の姪ですし……」

「姪なのに、後見人であるあなたは彼女を子守りとして働かせていた。給金は払っていたのかな？」

そう言いながら、ちらりとミルキーを振り返った。

「ごくたまに、小遣い程度のものは……」

ミルキーがそう答えると、だらしなく肘掛けに寄りかかるようにソファに座っているマイケルが舌打ちをした。

「小遣いだって、もらえるだけましだろ？　住むところだって、食べ物だって、恵んでやってたんだ。ミルキーは感謝すべきなんだよ。それを、いちいち反抗しやがって！」

「マイケル……黙るんだ」

ダンカンが叱《しか》ると、マイケルは忌々《いまいま》しそうにミルキーを睨《にら》んだ。リチャードはますます彼らの手にミルキーを渡すことは、考えられなくなっていた。

「どうやら、彼女は私のところにいたほうが幸せのようだ。私の屋敷にはいろいろ噂があるようだが、少なくとも高い給金を払っている。住み込みで食事もついているが、そのことで恩に着せることなどあり得ないからね」

彼らが今までミルキーにした仕打ちを考えると、リチャードは腹が立って仕方がなかった。こんな奴らなのに、ミルキーは彼らを恨んではいないと言う。まるで天使のようではないか。

そんな彼女を、彼らはいいようにただ働きさせていたのだ。

「いや、ですが……。ミルキーは私の姪で……」

「私も両親を亡くした姪を引き取っているが、家庭教師をつけて養育している。あなたのような資産家がその余裕もなかったとは思われないが、どうだろう？　このことは、この地域の名士の方々もご存じなのかな？」

ダンカンは明らかに顔色が変わった。リチャードが脅《おど》しているのが判ったからだろう。無理強《じ》いするなら、姪を子守り代わりにしていたことをばらしてやると言ったも同然だからだ。

「判りました。とりあえず、今日のところは帰ります。しかし……このままでは済ませませんよ」

ダンカンもまたリチャードを脅すようなことを口にした。そして、ミルキーを睨《にら》みつける。

「おまえの評判が傷つかないうちに、さっさと家に帰ってきたほうが身のためだ。何しろ、ここは極悪な侯爵様のお屋敷だからな」

リチャードとミルキーが男女の仲にあると、ダンカンは感づいているのだろうか。それとも、そんな噂を流すと脅かしているのかもしれない。いずれにせよ、この男は後見人の資格などない。

ミルキーはダンカンの脅かしにも屈しなかった。

「なんと言われても、わたしは帰りませんから」

声は震えていたが、きっぱりとそう言った。ダンカンは顔をしかめて、マイケルを振り返った。

「帰るぞ。また出直してこよう。今度はきっといい返事がもらえるはずだ」

どんな根拠があってそう言うのか判らないが、ダンカンはだらしない息子を連れて、書斎を出ていってくれた。ウォルターがやけに慇懃無礼《いんぎんぶれい》な態度で、彼らを外に追い出しにかかった。

リチャードは彼らが屋敷から出ていくのを確認してから、書斎に戻った。ミルキーが肩を落としている。

リチャードの胸にぐっと何か特別な感情が押し寄せてきた。

彼女を慰めてやりたい。なんとか元気づけて、いつもの彼女に戻してやりたい。

そんな想いが込み上げてきて、リチャードは彼女を後ろからそっと抱き締めた。

「侯爵様……」

「今はリチャードと呼べ」

彼女の身体《からだ》はビクッと震えた。

「そんなふうには……呼べません」

「判っている。それでも……呼んでくれ」

無茶なことを言っているのは判っている。自分と彼女の間には溝《みぞ》がある。

雇い主と使用人。侯爵とメイド。その関係は対等ではないのだ。

けれども、彼女に名前を呼ばれたい。侯爵様などと、彼女に呼ばれたくなかった。

「……リチャード」

小さな声で、彼女が囁《ささや》いた。リチャードはたまらず彼女を自分のほうに向けて、正面からきつく抱き締めた。

こんなことをしてはいけない。あれほど後悔していたはずなのに、キスをしたくて、たまらなくなってくる。

「叔父《おじ》は……あなたのことを悪く言い触らしてしまう……」

「どうせ、今でも評判が悪いんだ。今更、どうということはないさ」

そう言いながらも、この界隈《かいわい》で自分の影響力というものはまだない。逆に、ダンカンのほうがこの辺りの名士のように扱われている。侯爵が彼の姪を屋敷に引き込んで、好き勝手にしているなどと噂《うわさ》をされたら、ますますここで働く者はいなくなるかもしれない。

だが、ダンカンは自分の息子とミルキーを結婚させたがっていたという。息子の嫁の評判を自ら貶《おとし》めるとも思えないが。

マイケルはミルキーの身体には興味があるものの、それ以上のものは何もないようだ。もちろん、愛情なんてものは一欠けらもない。それなのに、ダンカンはどうして今まで使用人のような扱いをしていたミルキーと息子を結婚させようとしているのだろう。やはり、おかしい。何か結婚させなければならない理由でもあるのだろうか。

リチャードの胸の中でミルキーの身体が震えている。リチャードはますます彼女を離したくなくなり、自分がずっと庇《かば》ってあげたいという気持ちが強くなってくる。

「わたし……ここから出ていったほうがいいかもしれません」

「そんなことはさせない！　君はあの家に帰って、あの男と結婚するつもりなのか？」

「いいえ……。でも、たとえば叔父の知らない場所に奉公に行くとか……」

「ダメだ！　そんなことは許さない！」

リチャードは彼女の考えを強く否定した。もちろん、許さないなどと言えるような立場には、自分はないのだが。

「次の奉公先に、マイケルのようなドラ息子がいたらどうするんだ？　いやらしい目で見てくるのは、そこの家の主人かもしれない。それでもいいのか？」

リチャードはそう言いながら、罪悪感を覚えた。自分こそ彼女をいやらしい目で見た挙句《あげく》、純潔を奪ったのだ。

「君を守れるのは、私しかない……」

そうだ。私しかいない。ダンカン・オニールはこの辺の名士かもしれないが、私は侯爵だ。それだけではなく、資産家でもある。

ミルキーを私の花嫁にしてしまえばいいんだ……！

リチャードはそう思いついた。

彼女はメイドをしていても、ダンカンの姪なのだ。家柄が悪いとも言えない。彼女の言葉には変な訛《なま》りもない。上流階級の喋《しゃべ》り方と一緒だ。ただのメイドとは違う。侯爵家に嫁《とつ》ぐには物足りない家柄であることは確かだが。

母が勧めてくる花嫁候補は、みな貴族の令嬢だった。けれども、そんな女性達には一度も惹《ひ》かれたことはない。ミルキーを見るたびに感じる衝動を覚えたこともなかった。

それに、一番大事なことは、ミルキーがベルを可愛《かわい》がってくれることだ。それどころか、二人の仲は良好である。ベルも彼女が母親代わりにずっと傍にいてくれると判ったら、もっとここに馴染《なじ》んでくれるだろう。

もちろん、彼女をもう一度抱きたいという気持ちもある。純潔を奪ったことも、結婚してしまえば問題にならない。メイドを浮気相手にした父とも違う。たとえ身ごもっても、これですべてが解決するではないか。

一旦、決心すると、リチャードは躊躇《ためら》わなかった。

彼女に軽くキスをして、それから視線を合わせると、甘く誘惑するような声で囁いた。

「ミルキー……私の花嫁になってくれないか？」

「えっ……」

彼女は驚いたように目を見開き、しばし言葉が出てこない様子だった。

「……そんなこと……無理です」

彼女が掠《かす》れた声を振り絞《しぼ》って言った。

「どうして無理なんだ？　まったく無理じゃない。君が侯爵夫人になれば、あの家に帰らなくていいし、あのだらしない男の妻にならなくていい。私の傍にいられる。昨夜のようなことを何度もできるんだ」

ミルキーの頬はたちまち赤くなった。

「昨夜のこと……侯爵様は後悔していると思ってました」

「ああ。後悔していた。それは君の処女を奪ったからだ。そうしてはいけないと思いながらも、自制できなかったからだ。だが、君と結婚するなら、何も後悔する必要はない。それどころか、君と何度も抱き合えるんだ」

ミルキーの頭の中には、昨夜のベッドのことが甦《よみがえ》っているのだろう。夢見るようなぼんやりした表情になった。

「私は君の傍にいたい……。君にベルの母親代わりになってほしい。そして、私の子を産んでほしい」

そう言ったとき、ミルキーの身体が震えた。

「わたしが侯爵様の子を……？」

「リチャードだ。そう呼んでくれ」

「わたしが……リチャードの子を産んでもいいんですか？」

「ああ。君なら、いい母親になれる」

それは確信を持って言えた。

何人もの小さな子供が、朗らかに笑みを浮かべた彼女の傍にまとわりついているところが、すぐにも想像できた。彼女はきっとどの子供も愛するだろう。そして、この侯爵邸を幸せな家族の住処《すみか》にしてくれるはずだ。

リチャードはミルキーとつくる温かい家庭を、心に思い描くことができた。

彼女と生きていくのは、きっと楽しいはずだ。これが一番の解決策だろう。間違いない。

ミルキーは頬を染めたまま、リチャードの目を見つめてきた。

チョコレート色の瞳が輝いている。

「わたし……あなたの花嫁になります」

リチャードの身体が熱く燃え上がる。

これから先、ずっと彼女は私のものだ……。

唇を重ねると、彼女の身体が別の意味で震えるのが判った。森の中で彼女を助けたときから、こうなるのは判っていたのかもしれない。あのときからずっと、リチャードの頭の中から彼女の存在が消えることはなかったのだ。

ベルと違って、ミルキーは両親を亡くして以来、ずっと不幸な生活を送ってきた。だから、必ず彼女を幸せにしよう。

リチャードはそう決心していた。

その一週間後、リチャードとミルキーの婚約は正式に発表された。

リチャードはすぐにでも発表したいようだったが、時間がかかったのはメイドの人数が増えるまで、ミルキーが働いていたかったからだ。メイド仲間はミルキーの立場を羨《うらや》んだが、ダンカン・オニールの姪だということを知ると、逆に同情された。彼女達によれば、ミルキーはお嬢様として扱われるべきだったということらしい。

それにしても、ダンカンがよくこの結婚を許してくれたと思う。後見人が許可しなければ、未成年は勝手に結婚できない。グレトナ・グリーンにでも駆け落ちしなければならないかと思っていたが、リチャードがどうやらお金でカタをつけたようだった。

ダンカンは裕福そうに見えたのだが、そうではなかったのだろうか。ひょっとしたら、侯爵家の権威に屈したのかもしれない。何しろ侯爵と親戚《しんせき》になれるなんて、あまりないことだ。ダンカンの子供の縁談にも、これは有利に働く。逆に、ミルキーがマイケルと結婚したところで、何もいいことはない。

そして、ベルはもちろん喜んでくれた。ずっと彼女の傍にいると約束したことが嘘にならなくて、ミルキーはほっとした。ミルキーは彼女に自分の幼いときの姿を重ね合わせていたから、どうしても彼女に幸せになってもらいたかった。淋しい思いもさせたくなかった。自分が子供の頃に欲していた愛情を、惜しみなく注いであげたいと思っていた。

徐々に結婚の準備が進んでいく。ミルキーは今まで憧れていただけの綺麗《きれい》なドレスを誂《あつら》えてもらい、様々な装飾品や小物、下着も揃《そろ》えてもらった。仕立て屋が侯爵邸まで出向いてきて、すべて用意してくれたのだ。

一躍、お姫様のようになったミルキーだが、あまりの変化に、まだ心がついていかなかった。新聞の社交欄《らん》に二人の婚約記事が載ったのを見ても、なんだか現実のことと思えない。自分がまだ夢の中にいるようなふわふわとした変な気分だった。

あれからリチャードとはベッドを共にしていない。キスはするが、彼は途中でやめてしまう。しかし、結婚すれば、また抱き合えると判っているから、彼も身を引くことができるのだ。やはり、あの夜のことは、なるべくしてなったことなのだろう。

やがて、結婚式まであと三日と迫った。

今日はリチャードの母親ドロシアが屋敷にやってくる。結婚式はメリー村の教会で行うので、明日になれば、多くの客もこの屋敷にやってくる予定だ。ベルの伯父夫婦も結婚式に招待されているから心配だが、リチャードはあまり気にしていないようだった。けれども、あの計画を立ち聞きしたミルキーとしては、心配でならない。

もし、リチャードの身に何かあったとしたら……。

ミルキーと結婚することで、あの夫妻が変なことを考えるのをやめてくれたらいいのだが。ともあれ、ミルキーはドロシアと会うことに緊張していた。リチャードは自分の気持ちをなかなか打ち明けたりしないが、メイドだったミルキーにプロポーズしてくれるくらいだから、きっと愛してくれていると思うのだ。しかし、母親の目からは、ミルキーが侯爵の花嫁にふさわしいようには、とても見えないに違いない。

何しろミルキーには上流階級にふさわしいマナーが備わっているわけではない。ひょっとしたら、家庭教師がついているベルのほうがよく知っているかもしれないと思うくらいだ。そして、教養というものもない。たとえばピアノを弾くとか、歌を歌うとか、水彩画を描くとか、そういった芸術的素養もなかった。刺繍《ししゅう》すらしたことがない。読み書きと簡単な計算がやっとという有様だ。

だから、怖いのだ。ドロシアがどんな女性なのか知らないが、オニール家が付き合っている上流階級の婦人はとても気取っていた。鼻で笑われる覚悟も必要だろう。

優しい人ならいいんだけど……。

リチャードみたいに冷淡な人に見えても、優しいということもある。親子なのだから、似ているところもあるかもしれない。ミルキーはそれを信じるしかなかった。

ともあれ、ミルキーはドロシアに限らず、屋敷に泊まる客をもてなすために、いろいろと計画を立てていた。すでにメイドではなかったが、掃除は率先《そっせん》してやったし、あれこれと備品も揃えた。自分の花嫁衣装のことより熱心だったかもしれない。

屋敷中をちょこまかと動き回る姿を、もしマイケルが見ていたら、きっと子ネズミのようだと揶揄《やゆ》されていただろう。

最後にもう一度、ドロシアが寝泊まりする部屋を点検してから階段を下りていると、玄関のほうから聞き慣れない女性の声が聞こえた。

ドロシア……リチャードのお母様だわ！

リチャードがドロシアの手を取り、にこやかに何か話しかけているのが見えた。ミルキーも挨拶《あいさつ》をしなくてはと思い、焦《すそ》って階段を下りる。

が、最後の段でドレスの裾を踏んでしまい、コロンと転がってしまった。

「痛っ……」

いや、痛いとか、そういう場合ではない。慌ててミルキーは起き上がったが、リチャードとドロシア、そしてウォルターとウォルター夫人の視線が自分に集まっていた。

「大丈夫か？　どこか痛むところは？」

リチャードがすぐに傍に寄ってきて、ミルキーの心配をしてくれた。

「大丈夫よ、リチャード。ありがとう」

彼をリチャードと呼ぶのは、まだ慣れていない。気がつくと、侯爵様などと呼んでしまい、優しく訂正《ていせい》されるのだ。

リチャードはミルキーの手を取り、ドロシアの前に連れていく。

彼女は予想どおりツンとした冷たい感じのする婦人だった。年齢を重ねているのに、その美《び》貌《ぼう》は衰えておらず、体形はほっそりとしている。ロンドンの流行の服に身を包み、きっと完璧《かんぺき》なマナーを身に着けているのだろう。

「母上、彼女が私の婚約者、ミルキー・オニールです」

ミルキーは失敗を挽回しようと、にっこり笑った。

「初めてお目にかかります、お母様。ミルキーです」

手を差し出したが、ドロシアはミルキーを品定めするような目つきでじろじろ見てきた。

「あなたがミルキー……。変わった名前だこと」

「母上！　名前のことは本人の責任というわけではないのに……」

転んだことを非難されるのかと思ったが、まさか名前のことを指摘されるとは、ミルキーも考えていなかった。しかし、リチャードがすかさず庇《かば》ってくれたのが嬉しかった。

「あの……実はミルキーというのは、叔父《おじ》が考えた呼び名で、本名は別にあるんです」

そう告白すると、リチャードのほうが驚いていた。

「ミルキーは本名じゃない？　どうしてそれを早く言わなかったんだ！」

「ずっとそう呼ばれていたから……。改めて指摘されるまで、自分がミルキーじゃないってことを忘れました」

リチャードに呆《あき》れたように見られて、ミルキーは恥ずかしくなった。確かに、自分の本名を忘れるなんて、おかしなことに違いない。しかし、本名を使うことなんて、ダンカンに引き取られてからはなかったのだ。

「今、思い出してもらって助かったよ。教会で誓うときに、本名でないとまずいだろう？　それに、登録簿に署名するときも」

「そ、そうね……」

確かに、ミルキー・オニールなんて署名しては嘘になる。リチャードは存在しない相手と結婚したことになってしまうのだ。そういえば、新聞の社交欄《らん》にオーストン侯爵とミルキー・オニールの婚約記事が載ったことを思い出した。

「ああ、どうしよう！　新聞記事にはミルキーって書いてあったわ！」

「まあ、それは別にいい。君はミルキーという名前だと、みんな思っていたわけだから。それで……君の本名はなんというんだ？」

「ローズ……ローズ・オニール」

長らく使っていなかった名前なので、とても自分の名前とは思えない。だが、確かに自分はローズだったはずだ。

「ローズか……。君はローズというんだ？」

リチャードが微笑んでいる。きっと、前に薔薇《ばら》の花を贈ったことを思い出したのだろう。

隣でドロシアが口を挟んできた。

「どちらでもいいけど、ミルキーのほうがあなたに合っているような気もするわね」

そうなのだ。長年使っているうちに、本名よりミルキーのほうがしっくりくるようになっていた。

「それで、そろそろわたしは部屋で寛《くつろ》ぎたいのだけど」

すかさず、ウォルター夫人が横からにこやかに話しかけてきた。

「わたくしがお部屋にご案内致します。どうぞこちらへ」

まるで白鳥のようにツンと澄ましたドロシアは、ミルキーに声をかけた。

「それでは、また後で。ミルキー」

ミルキーと呼んでくれたということは、少しは彼女と仲良くなるチャンスが残されていると
いうことではないだろうか。ミルキーはそう考えて、微笑んだ。

「はい、また後ほど。お母様」

ドロシアは肩をすくめると、ウォルター夫人と共に階段を上っていった。

リチャードはミルキーの肩に手を回して、囁《ささや》いた。

「母は初対面の相手にはとっつきにくいところがあるが、悪い人ではないんだ。慣れたら、判
ると思うよ」

ドロシアは夫である先代の侯爵とはあまり仲がよくなく、ずっと別居状態だったと、ウォル

ター夫人に聞いた。この侯爵邸はリチャードが爵位を継ぐまで、しばらく放置されていたという。そのせいで、ドロシアもこの屋敷にはあまり馴染《なじ》みがないらしい。

「ミルキー……いや、ミルキーと呼んでいいのかな？」

「ええ。わたしも自分がローズだという気があまりしないから。本名を使う必要がないところでは、ミルキーでいいんじゃないかしら」

この名前で不自由だったことはないからだ。ミルキーのほうが覚えられやすいということもある。確かに、名前としては変だが。

「そういえば、さっきはごめんなさい。お母様に初めてお会いするのに、階段から転げ落ちるなんて」

リチャードの目がふと優しくなる。

「いや、君らしいから。君という人間を知ってもらったら、母は文句をつけたりしないはずだ」

本当にそうだろうか。ちらりと不安が過《よ》ぎるが、ミルキーはそれを押し隠した。

ミルキーって呼んでくださったんだから。

きっと、冷たいドロシアにも、温かい心がどこかにあるのよ。

ミルキーはリチャードが心配しないように、微笑みかけた。

ドロシアは疲れていたのか、夕食の時間まで部屋で休んでいた。

ミルキーの部屋は、今は屋根裏ではなく、西の棟のほうにあったが、そこで夕食のための着替えをした。本来なら、まだ結婚していないのだから、オニール邸に戻るべきなのだろうが、今更《いまさら》戻りたくはなかったからだ。

オニール家の人々も、ミルキーに戻ってこられたら困るに違いない。まさか侯爵と婚約しているのに、屋根裏部屋に押し込めるわけにはいかないだろうし、かといって、今更、家族扱いするのもおかしい。ミルキーも彼らと同じ食卓につく自分が想像できなかった。

それに、マイケルのこともある。彼がミルキーのことを大して好きではなかったにしろ、いやらしい目で見ていたのは間違いないからだ。自分を振って、侯爵と結婚するというのも気に食わないだろうし、ミルキーはそんな彼と同じ屋根の下で寝泊まりしたくなかった。リチャードもそのことがあるから、ミルキーをオニール家に戻さなかったのだ。

婚約中の二人が同じ屋敷にいるということを、しきたりに反すると思う人はいるかもしれない。だが、どのみち、リチャードは侯爵なのに、メイドだったミルキーと結婚するのだから、しきたりなどあまり意味のないことだった。

本当に……彼はわたしなんかと結婚してもいいのかしら？

最近すっかり優しく接してくれるリチャードのことを思い出して、ミルキーは鏡の中の自分を見つめた。今はこんな自分にも小間使《こまづか》いがついていて、ドレスの着替えを手伝ってくれたり、髪形を整えてくれたりする。コルセットをつけるようになり、貴婦人として生活するのも、なかなか大変なことだと思うようになっていた。

侯爵夫人として、本当に自分がやっていけるのか不安はある。けれども、リチャードが愛してくれているのだから、なんとかなるのではないかと思うのだ。

シルクのドレスを身に着けた今のミルキーは、姿だけは上流社会のレディのようだった。リチャードのために、中身もレディになりきらなくては。

ミルキーが一階の居間に行くと、そこにはリチャードとベルがいた。ベルはいつも家庭教師と共に自分の部屋で食事をするのだが、今日は特別だった。ドロシアはベルにとって祖母だからだ。

「ベル、今日のドレスは素敵ね。すごくよく似合っているわ」

彼女も夕食のために着替えてきているので、いつもより上等なドレス姿だった。褒《ほ》められたベルは嬉しそうに笑い、ミルキーのドレスも褒めてくれた。

「ミルキーのドレスも素敵。最初に会ったときとは、別の人みたい」

「不思議よね。着ているものが違うだけなのに」

ミルキーの中身はちっとも変わっていない。だから、余計に自分の姿の変化に戸惑ってしまうのだろう。

光沢《こうたく》のある黒い上着を着て、白いクラヴァットを複雑な結び方にしているリチャードがミルキーの手を取り、ベルの隣のソファに座らせた。

「何か飲むかい？」

「ええ。えーと、シェリーを」

シェリーなんて飲み物には慣れていないのだが、食前にはそういったものが飲まれるものらしい。本当のことを言えば、酒の類《たぐい》は苦手だった。ほんの少しで、酔っ払いそうになってくるからだ。

リチャードが従僕に合図すると、シェリーを注いだグラスが運ばれてくる。ミルキーは顔馴《かおな》染《じ》みの従僕に微笑みかけて、それを手に取った。

少し口をつけて、テーブルに置く。本当に飲みたいわけでもないのに、懸命に上流階級の人間の真似《まね》をしようとしているみたいで、ミルキーは自己嫌悪を感じた。かといって、無理して飲むと、きっと酔っ払うだろう。

ミルキーがグラスの中のシェリー酒を見つめて葛藤していると、ドロシアが居間に入ってきた。

「お祖母様《ばあさま》！」

ベルが立ち上がり、ドロシアのほうに駆け寄った。ドロシアは身を屈めて、ベルを抱き締める。その姿には、あの冷たく素っ気ない雰囲気《ふんいき》はどこにもなかった。

孫娘には優しい祖母となるのだ。それが演技とも思えなかったから、やはり彼女にはリチャードと同じで優しいところも存在するのだろう。

「ベル、少し見ない間に大きくなったわね」

ドロシアはベルの頬《ほお》にキスをすると、髪を撫《な》でた。その仕草には愛情が溢《あふ》れているように見えた。

ドロシアは一人掛けのソファに座り、ベルは再びミルキーの隣に腰かける。ドロシアもシェリーのグラスを手にして、ミルキーに目を向けた。値踏みされるような目つきに、ミルキーは顔を強張《こわば》らせた。

レディのように振る舞っていても、やはりどこかがレディと違うのだろうか。ミルキーは急に落ち着かない気分になってきた。

穏やかに談笑していると、執事が夕食の用意ができたと知らせに来た。そこで四人は食堂に移動する。

食堂には家族用の小さな食卓が置いてあった。小さいといっても、午餐会《ごさんかい》や晩餐会を催《もよお》すときの食卓に比べての話で、ミルキーには充分大きいと思える。食卓の真ん中には蠟燭《ろうそく》立《た》てがあり、花が飾られてあった。シャンデリアが天井から下がっており、ミルキーは眩《まぶ》しさに目を細めた。

上座にはリチャードが座り、その左右の席にドロシアとミルキーがつく。ベルはミルキーの横に腰かけた。

ミルキーの正面はドロシアになり、彼女の視線が怖い。いや、自分が怖がっているから、睨《にら》まれているような気がするだけで、彼女は睨んでいるわけではないかもしれない。しかし、目を上げると、ドロシアの視線はやはりミルキーにまっすぐ向けられている。

食事のマナーは完璧《かんぺき》だとは言いがたい。しかし、小さい頃にはちゃんと躾《しつ》けられていたこともあり、ここしばらくはリチャードと一緒に食事をしていたので、正式なマナーをなんとか思い出していた。

それでも、ミルキーはあまりに見つめられていると、緊張してきてしまって、何度か失敗しそうになった。

「そういえば、リチャードに聞いたけれど……」

ドロシアが自分に話しかけていることに気づき、ミルキーは顔を上げた。

「あなた、メイドをしていたんですって」

そのとき、蔑《さげす》みのような視線をちらりと向けられて、ミルキーは思わずナイフを取り落とし、食器に当たって音を立ててしまった。

「母上……」

「あなたは黙っていてちょうだい」

リチャードが割って入ろうとしたが、ドロシアははねつけた。

「正直なところを聞きたいのよ。何も文句を言っているわけではないのだから。遠方から来るお客様はご存じなくても、噂《うわさ》はいずれ耳に入るはずだわ。わたしは本人の口からちゃんと聞いておきたいの」

ドロシアは何も意地悪で言っているわけではないのだ。彼女の言うことは、もっともだった。噂は広がるものだ。遠方から来た客が何も知らなかったとしても、客が連れてきた小間使いと侯爵邸で働く使用人が話をすれば、それはすぐに伝わってしまうだろう。

まして、リチャードはこの近辺の地主も招待している。ミルキーがオニール家の姪《めい》だということもあるが、この機会にリチャードはこの土地に馴染《なじ》むために親交を深めたいのだ。オニール家の姪が突然現れたことに、地主達は驚くことだろう。ミルキーが子守りをしていたことに気づく人達がいるかどうかは判らなかったが、どうしてメイドをすることになったのかについて、いろいろ憶測する人達もいるに違いない。

そして、ドロシアは変な噂になる前に、真実をきちんと聞いておきたいということなのだ。

もっとも、ミルキーを見る視線に蔑みのようなものを感じたので、そういう気持ちがないとも言えないだろう。実際、侯爵夫人にしてみれば、メイドなど人間の数に入らないのかもしれない。

ミルキーは顔を上げた。

「わたしの生い立ちは……ベルと少し似ていて、子供の頃に両親を亡くし、叔父《おじ》に引き取られました。けれども、遺産はなく、借金だけが残っていたそうです。叔父は借金を払ってくれましたが、わたしを自分の家に連れてくるなり、これからは子守りをするように命じたんです」

「まあ……叔父様はあまり裕福ではなかったの？」

普通はそう思うものなのだろう。実の叔父が姪を働かせるほど強欲だったと告白するのは恥ずかしいが、できるだけ正確に説明したほうがいいだろう。嘘は嫌いだと、リチャードは言ったが、きっとドロシアも同じだろうと思うのだ。

だから、ミルキーはできるだけ詳細に話した。最初はロンドンの外れにある小さな家に住んでいたことや、この土地に越してきたときのこと。叔父がずいぶん大きな土地の地主になっていたことに、驚いたことも。そして、突然、マイケルとの結婚を迫られたことや、それが嫌なら出ていって、侯爵のところでメイドでもしろと言われたことも話した。

「リチャード伯父様とは大違いね」

ベルが口を挟んで、にっこり笑った。

「ええ、そうね。わたしもリチャードみたいな叔父様だったらよかった」

それを聞いて、リチャードが苦笑する。

「私は君の叔父でなくてよかったよ。叔父と姪では結婚できないからね」

ミルキーも笑っていると、ドロシアが微笑んでいることに気がついた。

「そういったことなら、あなたは誰がなんと言おうと、胸を張っていればいいわ。多少の噂は避けられないだろうけど」

それは判っている。だが、ドロシアがそう言ってくれるなら、少し勇気が出てきた。

ただ、望んでいるのは、愛するリチャードに迷惑をかけないとことだ。ミルキーは自分のことより、そのことが心配だった。頑張って、レディのように振る舞わなくては、周囲から認めてもらえないに違いない。

「ありがとうございます。わたし、リチャードに迷惑をかけないように、頑張りますから」

ミルキーは今のところ、それが一番の望みだった。

第四章

狙われた花嫁

いよいよ、結婚式当日となった。

朝からミルキーはそわそわしていた。昨日からたくさんの客のもてなしをしていて、それが大変だったということもある。何しろ、懸命にレディのふりをしていたからだ。

そして、夜が明けてからは、自分の準備をするために大忙しだった。風呂に入り、全身を清めてから、小間使《こまづか》いの手を借りて、コルセットの紐《ひも》を締めてもらい、真っ白な花嫁衣装を身に着ける。

鏡の中の自分はとても美しかった。いや、そのように見えた。単に、花嫁衣装が美しいのかもしれなかったが。

頭にベールをかぶせられ、ミルキーはうっとりした。こんな幸せな結婚式を自分が迎えられるとは思っていなかったからだ。小さい頃から夢見てはいたが、夢で終わるような気がしていたのだ。

特に、マイケルとの結婚話が持ち上がったときには。

マイケルでなければ誰でもいいなんて、一瞬考えたこともあった。だが、諦めなかったおかげで、こうして幸せな花嫁となれたのだ。

ミルキーの頬《ほお》は上気していて、幸せに輝いていた。

客の中には、ミルキーがすでにこの屋敷で暮らしていることがおかしいという意見も持った者もいたようだが、ドロシアが上手《うま》く話をしてくれた。もちろんそれはリチャードを守るためであって、ミルキーのためではないことは判っていたが、それでも嬉しかった。

ミルキーの人生の中で、今まで自分を守ってくれた人は、決して多くはなかったからだ。

ドロシアに感謝すると共に、ミルキーはリチャードに一生愛を捧げることを、自分の中で誓っていた。もちろん、ベルも愛している。これからミルキーは温かい家庭を築いていくのだ。

支度《したく》ができたミルキーは、リチャードから贈られたブーケを持ち、しずしずと階段を下りていく。今日ばかりは階段を踏み外して、転げ落ちたりしたくない。

リチャードもみんなも一足早く教会に行っている。屋敷に残っていたのは使用人ばかりだったが、階段の下で、使用人全員が列をつくっていて、拍手をしてくれた。そして、口々におめでとうと言ってくれる。留守番のヒューでさえ尻尾《しっぽ》を振って、お祝いを言っているようだった。

「ありがとう、みんな！」

ミルキーが思わず涙ぐむと、ウォルター夫人が近づいてきて、ハンカチで顔を拭《ふ》いてくれた。

「ダメですよ。泣いたりしちゃ。今日はおめでたい日なんだから」

「そうね……。でも、本当にありがとう……」

屋敷を出ると、侯爵家のきらびやかな馬車が待っていた。ミルキーはそれに乗ると、教会へと向かった。

教会の周囲にたくさんの人がいた。招待しているわけではないが、貴族の結婚などメリー村ではしばらくなかったことだから、余興《よきょう》のようなものかもしれない。ミルキーが馬車から降りると、村人から拍手を受けた。

　村人の中には顔見知りもいる。ミルキーがダンカン・オニールの姪《めい》だったということが初耳だという人もいるかもしれない。まして、侯爵と結婚なんて、一体どうなっているのだろうと、興味津々《しんしん》で見られているのかもしれなかった。

　けれども、ミルキーは笑顔で手を振り、教会の中に入った。控室で待つうちに、式の準備はすべて整ったようだった。

　やがて、式が始まる。

　信徒席の真ん中には赤い絨毯《じゅうたん》が敷かれ、バージンロードができている。祭壇の前ではすでにリチャードが立っていた。

　胸がドキドキする。

　これから、わたしはリチャードの花嫁になるのよ……。

　エスコートはダンカンがしてくれた。マイケルのことがあるから、彼にはもうあまり関わりたくないのだが、立場上、ミルキーの父親代わりは叔父しかいないからだ。

　ダンカンには両親亡きあとに世話になったのだし、やはり感謝している。路頭に迷うことはなかったのだから。けれども、もう恩は返したと思うのだ。ミルキーの生い立ちを聞くと、みんな必ずダンカンを非難するが、ミルキーはリチャードに嫁《とつ》ぐことができたのだから、今までのことをなかったことにしてもいいと思っていた。

ミルキーはダンカンからリチャードに引き渡される。リチャードの腕に手をかけて、そっと横を見ると、ベール越しに彼が微笑《ほほえ》んだのが判った。

こんな優しい人と結婚できて、本当に幸せ。

パイプオルガンの重厚な音が響き、賛美歌《さんびか》が歌われる。司祭に促されて、二人は神の御前で愛を誓った。

もちろん、ローズ・オニールとして。

金の指輪がはめられ、ミルキーはうっとりする。

やがて、司祭が二人は夫婦となったことを宣言した。

「花婿は花嫁にキスを」

リチャードはミルキーのベールを上げた。彼の銀灰色の瞳はまっすぐミルキーのチョコレート色の瞳を見つめている。

「ミルキーローズ……君を幸せにするよ」

彼はそう囁《ささや》くと、優しいキスをしてくれた。


結婚披露宴はもちろん侯爵邸で行われた。

ミルキーとリチャードは同じ馬車で侯爵邸に戻り、広間に集まっている客にお礼を言って回った。喜びに胸がいっぱいになっているミルキーだったが、不意に誰かが噂《うわさ》をしている声が耳に入ってくる。

「花嫁はメイドだったんですってよ」

「まあ……。メイドですって？　でも、確か……」

「そうなの。どういうわけか知らないけど、このお屋敷で働いていたんですってよ」

もちろん、それは本当のことだ。だから、悪意のある噂というわけではないかもしれない。

それでも、ちらちらとこちらに寄せる視線に蔑《さげす》みを感じて、ミルキーは傷ついてしまった。

いや、こんなことは予想していたはずだ。今更《いまさら》、誰がどう言おうと、胸を張っていればいい。

「ミルキー……」

いきなりダンカンに腕を取られて、ミルキーは驚いた。

「どうしたんですか？」

「いや、その……。おまえは自分の名前を覚えていたのか？」

「えっ？」

ミルキーは突然そんなことを聞かれて戸惑ってしまった。

「ええ、もちろん。自分の名前を忘れるわけがないでしょう？」

「そうだが、おまえは小さかったから……。ミルキーという名に馴染《なじ》んでいるような気がしていたんだ」

おかしなことを言われるものだと思った。確かに、ミルキーと呼ばれているうちに、自分もミルキーである気がしていたが、本名を忘れてしまうほど幼かったわけではない。それとも、両親が生きていた頃のことを、ミルキーが何もかも忘れてしまったと思っていたのだろうか。

ダンカンは急に真剣な顔になり、ミルキーの手を握った。

「すまなかったな。ミルキーなんて変な名前をつけてしまって……。他にもいろいろ……おまえにはつらく当たってしまった」

まさかダンカンが謝るなんて思わなかったが、ミルキーにしても、今までのことを忘れたいと思っていたから、ちょうどよかった。それに、思いがけなく謝ってもらえて、ミルキーは感動してしまった。

ミルキーのほうもダンカンの手をギュッと握り、微笑《ほほえ》んだ。

「いいえ、行き場のないわたしを置いてくださって、ありがとう」

ダンカンもぎこちない笑みを浮かべる。

「幸せになるんだぞ、ミルキー」

「ええ。……あら、そういえば、マイケルはどうしたの？」

ダンカンと和解したのだから、ついでにマイケルとも仲直りができたらいいと思っていたが、彼の姿が見えない。

「ああ、ちょっとその辺を歩いているんだろう。あいつは少し変わったところがあるからな」

変わっているという言葉で表現していいかどうか判らないが、確かに普通の人とは少し違う。村にいる彼の友人達も昼日中から酒を飲んでいるような連中で、ミルキーは好きではなかった。森の中で襲われかけたことがあるからかもしれないが。

ともあれ、マイケルともそのうち和解することもあるかもしれない。そうであってほしいと、ミルキーは望んでいた。やはり親戚《しんせき》ではあるし、これからも近所に住むことになるからだ。

ミルキーはダンカンと離れて、リチャードを探した。広間を見回すと、隅のほうで彼がベルの伯父であるヘンリーと話しているのを見かける。なんだか険悪な雰囲気《ふんいき》で、ミルキーは慌ててそちらに向かった。

「どうしたの、リチャード？」

ヘンリーは昨夜もリチャードとミルキーに対して、嫌味のようなことを口にしていた。リチャードが結婚すれば、彼らはベルの財産を狙うことが難しくなるから諦めたかと思ったが、そうではないのだろうか。

彼はリチャードの殺害計画を口にしていたのだ。本気かどうかは判らないにしても、そんな男とはあまり関わり合いにならないほうがいいのではないかと、ミルキーは思っていた。もちろん、ヘンリーがベルの伯父であることは変えられないわけで、それは仕方ないが。

リチャードはミルキーのほうを向いて、笑顔を見せた。

「いや、なんでもない」

そう言いつつも、彼はヘンリーを睨《にら》みつけると、ミルキーの肩を抱いて、広間の人込みの中に入っていく。

本当になんでもないのか訊きたかったが、こんなに人の耳のあるところでは無理だ。後で二人きりになったら話をしよう。

二人きり……。

ミルキーはずいぶん長い間、二人きりにはなってないような気がした。

リチャードは初夜まで待とうと言ってくれて……。

もう処女ではないのだから、同じことだとミルキーは思っていたが、その気持ちが嬉しかった。彼が自分を大事に想ってくれている証拠のようなものだからだ。

最初は身体《からだ》だけが目当てのように思っていたが、リチャードはそうではなかったのだ。彼はメイドのミルキーを花嫁にしてくれたのだから。

ああ、大好き！　誰よりも愛してる……！

ミルキーは愛する人と結婚できたことが嬉しくて仕方がなかった。

やがて、食事の用意ができ、全員が食堂に移動する。家族用の小さな食堂ではなく、晩餐会《ばんさんかい》用の大きな食堂のほうだ。

食堂にはすでにテーブルが並べてあり、白いテーブルクロスがかけられている。たくさんの花々が飾られて、皿やカラトリーも準備されていた。

客がそれぞれ席についたところで、リチャードの大叔父にあたる男性が立ち上がり、お祝いの言葉を述べた。その間にグラスにシャンパンが注ぎ分けられる。シャンパンなど、飲むのはこれが初めてだ。どんな味なのだろう。

ミルキーはマイケルがふらりと食堂内に入ってきたのに気づいた。彼は横の席のダンカンに何か小声で話しかけながら、席につく。

マイケルは一体何をしていたのかしら。

この屋敷にメイドが増えたから、誰かにちょっかいをかけてないか心配だった。それに、昨日から今日にかけて、客がたくさんいるので、臨時の使用人も雇っている。マイケルは酒癖《さけぐせ》も悪いが、女癖も悪いのだ。

リチャードの大叔父がグラスを掲げた。

「それでは、二人の結婚に」

みんながリチャードとミルキーの結婚を祝って、乾杯をしてくれた。酒には弱いミルキーもお祝いだからと、ぐいとグラスを傾けた。

えっ……。

シャンパンって、こんな味なの？

変な味がしたが、一旦口に含んだものをまさか吐き出すわけにもいかず、無理やり飲み下す。

なんだか気分が悪い。食前酒はいつも口をつけるだけで、大して飲まないことにしているが、もしかしたら酒が身体に合わないのかもしれない。

やがて、みんなが談笑しながら食事を始めた。ミルキーもフォークを手にしたが、なんだか力が入らず、取り落としてしまった。食器にぶつかり、大きな音を立てた。

みんなが注目しているかもしれない。けれども、ミルキーは眩暈《めまい》がして、視線が定まらなかった。吐き気がしてきて、どうにもおかしい。

「ミルキー？　どうしたんだ？」

「わたし……ちょっと……」

口が上手《うま》く動かなくて、呂律《ろれつ》が回らない。まるで酔っぱらいのようだった。

これって、お酒に酔っただけなの？

でも……こんなに早く酔うものなのかしら。

ここにいたら、醜態《しゅうたい》を晒《さら》すことになるだろう。ミルキーは立ち上がろうとしたが、身体がふらつき、倒れかかる。

「ミルキー！」

リチャードがミルキーを支えてくれる。みんなが騒ぎ始めたのが判った。女性の悲鳴のような声も聞こえる。

ミルキーはそのまま意識を失ってしまった。

目を開けると、ミルキーはベッドの中だった。

ボンヤリと辺りを見回すと、そこは自分の寝室ではなかった。

ここは……？

「ミルキー！　気がついたのかっ？」

リチャードがベッドの傍に寄せた椅子《いす》に座って、手を握ってくれていたが、ミルキーが目を開けると、すぐに立ち上がり、心配そうに顔を覗《のぞ》き込んできた。

どうして、彼がここにいるの……？

ミルキーはよく理解できずに、ただポカンと彼の顔を見つめていた。

「気分はどうだ？　大丈夫か？」

「え……と、少し頭が痛いわ。あと、ボンヤリしてるみたい。でも、大丈夫よ」

「ああ、神様！」

リチャードはミルキーの額にそっとキスをした。

「あの……どうしたの？」

「君は結婚披露宴のときに倒れたんだ。覚えていないのか？」

ミルキーの脳裏《のうり》に、酔っ払いのように口が回らなくなったときのことが浮かんだ。

「わたし……恥ずかしい。酔っ払ったりして……」

「酔ったんじゃない。シャンパンの中にかなりの量のアヘンチンキが混ぜてあったんだ。あともう一口でも飲んでいれば、君は死ぬところだった」

アヘンチンキは痛みを止めるために使う薬だが、普通はごく少量しか飲まない。大量に飲めば、死ぬこともあるらしい。

「シャンパンの中に……？」

「君は気づかずに飲んでしまったんだ」

「変な味だったわ……。でも、シャンパンってこういう味なのかしらって思ったから……」

今までシャンパンを飲んだことがあったら、すぐに判ったはずだが、ミルキーは初めて飲んだのだ。それに、シェリーだって、大しておいしい味だとは言えない。酒はみんなまずいものだと思っていたのだ。

「お客様は大丈夫だった？」

「いや、君のグラスだけに入っていた」

「そんな……。一体誰が……」

大量のアヘンチンキを混ぜるなんて、悪ふざけとは言いがたい。危うく死ぬところだったなら、誰かがわたしを殺そうとしたということ……？

そんな、まさか！

「誰が君のグラスにそれを注いだのか調べようとしたが、判らなかった。臨時で雇った使用人が多すぎて、使用人同士、互いの顔も名前もよく判らない状態だったんだ。もちろん、自分でアヘンチンキを混ぜたなんて、申告する奴も出てこなかった。それを目撃した人間も」

臨時で雇った使用人は遠くの村から連れてきたので、今考えれば、身元が確かだったかどうか怪しい。それに、そんな犯罪を犯した人間はすぐに逃げ出したかもしれない。後から取り調べたところで、きっと犯人は判らないだろう。

「でも、わたしなんかを狙う理由がないわ。犯人はひょっとしたら、わたしとあなたのグラスを間違えたかもしれない……」

本当に間違えるものかどうかという問題はあるが、それなら理屈が通る。ミルキーが狙われたと思うより、よほど判りやすい。

そして、犯人は……。

ミルキーの頭の中に浮かぶのは、ヘンリーとその妻だった。

使用人を買収するとか、自分の手下を使用人に化けさせるとか、そういう方法でリチャードを殺そうとしたのではないだろうか。何しろ二人は殺害計画を立てていたのだ。犯人に違いないとまでは言わないが、かなり怪しいと思う。

「いや、まさか……。しかし……」

リチャードはヘンリー夫妻が犯人だとは思いたくないようだった。確かに、彼らはベルの血の繋《つな》がった伯父と伯母だ。リチャードとは血の繋がりはないものの、確かに親戚《しんせき》なのだから、やはり犯罪者であってほしくないだろう。

　ミルキーは起き上がろうとしたが、リチャードに止められた。

「まだ起きないほうがいい。すぐに医者を呼んでくるから」

「でも……。わたしが倒れて、お客様達は動揺《どうよう》したんじゃないかしら。わたしは元気だとお伝えしたほうが……」

「客はもう帰った。君はあれから丸二日間もずっと寝たきりだったんだ」

「ふ、二日も……？」

　信じられない。そんなに眠っていたなんて。

「もう目を覚まさないいんじゃないかと心配したよ。結局、客には早々に帰ってもらったんだ。アヘンチンキを盛られた話はしていないが、なんとなく客も事情を察したみたいだった。そうなったら、こんな屋敷にいつまでもいたくないだろう。どんな食べ物が出てくるか判らないから」

　ミルキーは顔をしかめた。リチャードはこの土地に腰を据えるにあたって、近隣の人をもてなしたかったのに、すべて台無しになってしまったのだ。

「母だけは残ってもらっている。ベルが動揺《どうよう》していたから」

「ああ、ベル……。わたしが目を覚ましたって、早く伝えてくれる？」

　リチャードは微笑んで、再び額にキスをした。

「ああ、すぐに伝えてくる。医者も呼んでくるが、君はまだ横になったままでいるんだ。……ああ、眠ってはいけない。また目を覚ますかどうか心配だから」

彼はそう言って、部屋を出ていった。

今更《いまさら》ながら、ここはリチャードの寝室だった。といっても、結婚した日からは、ミルキーの寝室でもあるのだ。

初夜も新婚旅行も、すべて台無しになってしまったのね……。

しかし、リチャードはきっと意識のないミルキーにずっとついてくれていたに違いない。

そう思うと、心配をかけたというのに、なんだか胸の内が温かくなってくる。

こんなに愛してもらえるなんて……。

わたしって、本当に幸せなんだわ。

殺されかけたことはちっともよくないが、その他はいいことだらけだ。とはいえ、リチャードが狙われていたのなら、また違う形で襲われることもあるかもしれない。

ミルキーは早く回復しようと思った。そして、リチャードを危険から守るのだ。

だって、彼を失ったりしたら、生きていけないから。

あの悪夢の結婚式から一週間が経った日の朝、ミルキーは森の中をゆったりと散歩していた。

天気がよければ、ミルキーはいつも森の中を散歩していた。リチャードには一人で散歩してはいけないと言われていたが、ドロシアは昨日ロンドンの屋敷に帰ってしまったので、今日のお供はヒューだけだ。ベルは家庭教師と勉強中で、リチャードも今日は忙しいらしく、書斎にこもっている。だが、ヒューがいれば大丈夫だ。絶対にミルキーを守ってくれるだろう。

ミルキーは死にかけていたにしては回復が早く、今はもう普通の生活ができるようになっていた。とはいえ、リチャードがやたらとミルキーを構うようになっていて、ミルキーは少し困っていた。半分は困り、もう半分は実は嬉しいのだが。

何故かというと、ミルキーの人生でかつてこれほど甘やかされたことはないからだ。ただし、過保護なほどの甘やかしであることが問題だった。

新婚旅行はお預けだし……。

それだけではない。信じられないが、初夜もお預けなのだ。毎夜、リチャードは大きなベッドの端で、ミルキーに背を向けて寝ている。ミルキーとしては、一緒に抱き合って眠りたいし、何より彼に抱かれたかった。

けれども、彼は頑固だった。ミルキーが完全に回復したと自分が判断するまで、抱かないと言っている。

ミルキーは彼に背を向けられて、淋しかった。こんなことをされたら、嫌われたかもしれないと考えてもおかしくはないと思う。しかし、ベッド以外では、彼はとても優しくて、甘やかしてくれた。かつてミルキーはベルと同じくらい優しくしてほしいと思ったときがあったが、今は嫌だ。それだけでは物足りない。

こんなに甘やかされているのに、ミルキーは不満だった。いっそ、自分からリチャードを誘惑してしまおうか。

でも、どうやって……？

誘惑の方法など、ミルキーはまったく思いつかなかった。

森の中の小道を歩いていると、先を歩いていたヒューが不意に何かに警戒したように足を止めた。耳がピンと立ち、何か音を聞いているようだった。

「どうしたの？　ウサギでもいるのかしら」

ヒューは頭も耳もいい犬だ。おまけに主人であるリチャードに忠実だ。リチャードに、ミルキーを守るように言いつけられたから、こんな番犬のような行動を取るに違いない。

ミルキーはヒューに近づこうとして、足元の石に蹴《け》つまづく。キャッと悲鳴を上げてよろめくのと、銃声が聞こえたのが同時だった。

ミルキーのすぐ近くを銃弾がかすめていった。それが判ったのは、近くの木に弾丸がのめり込んだからだ。

もしかして……わたしが狙われている？

ヒューがけたたましく吠えながら、前方に突進していく。相手は銃を持っているというのに、このままではヒューが撃たれてしまうかもしれない。

ミルキーは大声で叫んだ。

「ヒュー！　こっちよ！」

こんな森の中でグズグズしていてはよくない。さっさと逃げたほうがいいに決まっている。ミルキーが反対方向に逃げ出したのを見て、ヒューも足を止め、こちらに駆けてきた。

銃声がもう一度、聞こえてきたが、弾が届かなかったらしい。ミルキーはドレスの裾《すそ》をたくし上げて、懸命に走った。

森を抜け、侯爵家の領地に入ったとき、ミルキーはほっとした。作業をしていた初老の庭師が驚いたように、髪を振り乱したミルキーを見ている。

「どうしたんですか、奥様？」

ミルキーはやっと足を止め、その場に座り込んだ。息が切れて、言葉がなかなか出てこない。

「銃で……撃たれそうになって……」

「なんですって？」

庭師は険しい目つきで辺りを見回した。

「そういえば、銃声らしいものを聞きました。そのときは、誰が密猟でもやっているのかと思ったのですが……」

「……密猟？　そんな可能性も……あるのかしら？　わたしをウサギか何かと……間違えた

……とか？」

「いや、山奥ならともかく、人が行き来するこんな森の中で銃をぶっ放すなんて、明らかにおかしい。ともかく、わしがお屋敷まで送っていきましょう」

「ありがとう……」

ミルキーはなんとか立ち上がった。疲れているが、外にいると、後ろから銃弾が飛んできそうな気がして、落ち着かなかったからだ。庭師もミルキーが結婚式で殺されそうになったという噂を聞いているらしく、どても心配してくれた。

「奥様が侯爵夫人となることに嫉妬している奴が、きっといるんでしょう」

「そ、そうかしら……」

「そうに決まってます！　メイドから侯爵夫人になる人なんて、まずいないでしょう？　侯爵様はひどい噂《うわさ》を振りまかれていたけど、お貴族様の花嫁になりたい女はいくらだっていたはずです」

だからといって、ミルキーを亡き者にしようと、花嫁になりたい誰かが思うのだろうか。とても信じられなかったが、確かに他の自分を狙う理由があるとも思えなかった。

わたしを殺したいほど憎んでいる人なんて……。

いるはずないわ。

シャンパンにアヘンチンキが混ぜられていたのは、リチャードと自分のグラスを犯人が間違えたせいだと思っていた。狙われているのはリチャードのほうに違いないと。しかし、森の中の出来事は、ミルキーを混乱させた。

一体、何が起こっているの？

わたしみたいなメイドがリチャードの花嫁になってはいけなかったの？

自分が命を狙われていると判って、ミルキーは急に世の中の何もかもが怖くなってきてしまっていた。


庭師はわざわざ執事のウォルターに事情を話してくれた。

ウォルターは早速、リチャードに話をしにいく。その間に、ミルキーはウォルター夫人に居間に連れていかれて、ソファに座らせられた。ヒューがついてきて、ミルキーを守るように足元に座った。

「こんなに真っ青な顔になって……。紅茶でも淹《い》れましょう。それとも、何か別の飲み物を用意しましょうか？」

そこへ、血相を変えたリチャードが居間に飛び込んできた。

「どうして一人で森の中に行ったりしたんだ！」

いきなり叱責《しっせき》されて、ミルキーの目にはじんわりと涙が滲《にじ》んだ。

「ひどい。そんなに怒らなくてもいいじゃないの……」

涙を見たリチャードは急に狼狽《うろた》えたような顔になり、慌ててミルキーの隣に座った。そして、肩をそっと抱き、宥《なだ》めるように髪を撫《な》でる。ウォルター夫人は二人の邪魔をしてはいけないと思ったのか、そそくさと居間を出ていった。

「……悪かった。だが、一人で散歩に行ってはいけないと言っただろう？」

「一人じゃなかったもの。ヒューが一緒だったから。ヒューはわたしを守ろうとしてくれたのよ」

ミルキーは彼に寄りかかりながら、森の中の出来事を語った。ヒューがあのとき何かに警戒して立ち止まらなかったら、ミルキーは何も知らずにもっと犯人に近づいていて、石につまずくこともなく、弾は命中していたかもしれない。

「そうか……。確かにヒューを連れていったのは、正解だったかもしれない。だが、これで結婚式の事件も、君を狙ったものだと判った」

ミルキーは頷《うなず》いた。てっきり狙われていたのはリチャードだと思っていたから、特に自分の身の回りには気を配っていなかったのだ。それより、リチャードを守らなくてはと張り切っていた。

「でも、誰がこんなことを……。わたしなんか殺しても、なんの得にもならないわ！」

リチャードとミルキーが死ねば、ヘンリー夫妻にも得になるかもしれない。しかし、二人が死んでも、ベルはドロシアの許に行くのではないだろうか。ベルがドロシアに懐いていることを知った今では、ミルキーはそう思う。

それとも、何か見過ごしていることがあるのか。もしくは、犯人はヘンリー夫妻ではなく、もっと何か別の目的を持った誰かということもある。

かといって、庭師の言うように、いくらミルキーが嫉妬《しっと》されていたとしても、それだけで誰かが執拗《しつよう》に殺そうとしてくるものなのだろうか。

「とにかく、犯人が判るまで、君は気をつけなくてはならない」

「それはいつまで……？」

リチャードに答えられる質問ではないのに、ミルキーは思わずそんなことを口にしていた。犯人なんて、どうやって見つければいいのだろう。それも考えつかなかった。

「探偵を雇う。そういうことを専門にしている男がいるのを知っているから、調べてもらおう。それに、今、森の中を捜索してもらっている。何か手がかりがないかどうか……」

ミルキーは力なく頷《うなず》いた。

「ごめんなさい……。わたしと結婚したばかりに、あなたまで巻き込んでしまって」

自分が狙われていたのだと知って、今度は彼に迷惑をかけていることが気にかかる。そのせいで、初夜も新婚旅行もお預けになっているのだ。

「何を言うんだ。君が悪いわけじゃないのに」

「でも……本当に……」

「君は動揺《どうよう》が収まっていないだけだ。さあ、寝室に行こう。しばらく寝ていれば、すぐに気分もよくなるはずさ」

リチャードはミルキーを抱き上げた。

「えっ、わたし、歩けるわ！」

子供ではないのだから、こんな姿を人に見られるのは恥ずかしい。ミルキーは頰《ほお》を赤く染めた。

「覚えていないだろうが、君が倒れたときも、私がこうしてベッドまで連れていったんだ」

「まあ……そうなの」

とはいえ、あのときは意識もなかったからだ。今は歩けるのに、どうしてこんなふうに抱き上げられているのだろう。

「私は君が心配なんだ」

そう言われると、ミルキーはおとなしく彼の首に腕を回した。彼の愛情が感じられて、ミルキーはそんな場合でもないのに、うっとりしてしまった。

命を狙われていたというのに、あまりにも呑気《のんき》かもしれないが。

ミルキーは彼さえ傍にいてくれれば、何もかも安心でいられるような気がしていた。

ミルキーはベッドに腰かけるように下ろされた。

リチャードは手を引き抜きながら、ミルキーの頬にキスをする。

「小間使《こまづか》いを呼んでやろう。着替えて、しばらく休むといい。私も森へ行って、手がかりがないかどうか探してくる」

森ですって？

今はもう危険はないかもしれないし、狙われているのはリチャードではないかもしれないが、それでも危機感を覚えて、ミルキーは思わず彼の腕に手をかけた。

「あの……お願い。まだここにいて」

彼は優しい顔で再び頬にキスをした。

「まだ怖いのか？」

「ええ……」

今はさほどでもないが、やはり一人きりになったら、恐怖が甦《よみがえ》ってくるかもしれない。ミルキーは寄り添ってくれる彼に、身をすり寄せた。

同じベッドに入るなら、彼と抱き合っていたい。そうすれば、どんな恐怖も消えてしまうに違いない。

「小間使いじゃなくて、あなたが着替えを手伝って」

ミルキーは甘えるように擦り寄った。

「いや、それは……よくない」

彼は何故だか離れていこうとする。ミルキーは彼をまだ引き留めたくて、思わず彼に抱きついた。

「まだ傍にいて。お願い！」

「ミルキー……」

リチャードは困惑したようにミルキーを見た。こんなに優しくしてくれるのに、どうして身体《からだ》を離そうとするのか、どうしても判らない。

「わ、わたしのことが……嫌になったの？」

「もちろんそんなことはない！　どうしてそんなことを言うんだ？」

「だって……ずっと抱いてくれない。結婚したのに、ベッドの端で背を向けるし、兄が妹にするようなキスしかしてくれないんだもの」

それこそ、森を散歩するくらいに体力は回復しているというのに、まるで腫《は》れ物《もの》にでも触るような扱いをされている理由は、さっぱり判らなかった。

「わたしは……あなたの花嫁でしょう？」

せっかく結婚したのに、どうしてそれらしいことをしてくれないのか、ミルキーには判らなかった。プロポーズされてから、彼に抱かれるときをずっと待っていた。けれども、リチャードのほうはそうではなかったのだろうか。

「もろちんだ。だが、君の身体が心配で……」

「わたしはあなたに抱いてもらいたいの！」

そんなことを女の身で要求するのは恥ずかしい。けれども、どうしても自分の気持ちを判ってもらいたかったら、自己主張するしかないのだと、やっと判ったような気がする。

それでも、ダメだと言うなら、彼は過保護ではなく、本当はミルキーを嫌っているとしか思えない。

ミルキーはリチャードをじっと見つめた。彼は躊躇《ためら》いつつも、ミルキーの頬に手をあてた。そして、そっと撫でていく。

「私は君が大事だから、ずっと我慢していたんだ……。君は二日間も目を覚まさなかった。ひょっとしたら、このままずっと目を覚まさずに、死んでしまうかと思った」

ミルキーは目を見開いた。

彼は本当にずっと意識不明の自分の傍にいてくれたのだろう。そして、いつ目覚めるか、ここで待っていてくれたのだ。

リチャードの気持ちになってみたら、過保護になるのも判る。心配のあまり、彼はミルキーの身体を大事にすることしか考えられなかったのだ。

「わたし……もうアヘンチンキの影響は残ってないわ……。目を閉じても、起きることができるし、あなたに抱かれたからって、昏倒《こんとう》したりしない」

それは彼だって判っていただろう。つまり、ミルキーを愛しているからこそ、これほど心配してくれたのだ。

そう思うと、彼のことがどんなものより愛《いと》しく思えてくる。

ミルキーは自分から彼に顔を近づけた。

「大好きよ……。愛してる、リチャード」

「ミルキー……私は……」

彼が何か言いかけるのを制して、ミルキーはドキドキしながら自分の唇を重ねた。

自分から初めてしたキスだった。彼からされるキスは気持ちいい。けれども、自分からキスするのも悪くはない。それどころか、とても新鮮だった。

彼のほうからもキスを返してきて、気がつくと、彼の舌が口の中に滑り込んでいた。

「んっ……ん……」

舌が絡まるようなキスをしてくれなかったのは、プロポーズ以降のことだった。彼はミルキーを次に抱くのは初夜だと決めていて、頑固にそれを貫こうとしていた。彼のその頑固なところは好きだが、ミルキーのほうはどうせ処女ではないのだから、もう一度、抱いてほしいとずっと思っていたのだ。

だって、リチャードの花嫁になれるなんて、本当のことだとは思えなかったし、実のところ、教会に着いたそのときまで、何かしら邪魔が入るのではないかと想像していたくらいだ。それこそ、教会へ向かう馬車が事故に遭《あ》って、死なないまでも大怪我《おおけが》を負って、リチャードは結婚を取りやめにするのではないかなどと、ありそうにもないことを少し考えていた。

けれども、そうはならなかった。二人は夫婦となったのだ。

それなら、夫婦として絆《きずな》を深めたい。彼を誰より身近に感じたい。リチャードを幸せにしたかったし、自分も幸せになりたい。ベルも含めて、本当にいい家庭を築いていきたいと思っていた。

たとえ、どこの誰がミルキーをメイド上がりだと馬鹿にしたとしても。

そんなことは、どうだっていい。大事なのは、二人が愛し合っているということだけだ。

唇が離れると、リチャードの眼差《まなざ》しには情熱が宿っていた。こんなふうに深くキスをすれば、彼はそれ以上のことをしなくては気が済まないのだ。ひょっとしたら、彼の気持ちが醒《さ》めたのかと思うときもあったが、今も彼が同じ気持ちを持っているようで、ミルキーは嬉しかった。

「君には……お仕置きが必要だな……。私の言うことなど、まるで聞かないから」

彼の掠《かす》れた声にドキドキしてくる。

「どんなお仕置き？　手を縛《しば》るの？」

「いや……ちょっと待っていてくれ」

彼は寝室から隣の部屋に行き、戻ってきたときには、テーブルに飾られていた一輪の赤い薔《ば》薔薇《ら》を手にしていた。

「それ……どうするの？　棘《とげ》でわたしを刺すとか？」

「棘は処理してある」

それなら、薔薇でどうやってお仕置きなどするのだろう。

リチャードはにっこり笑って、薔薇をナイトテーブルの上に置いた。そして、上着を脱ぎ捨て、クラヴァットを解いた。ついでにシャツのボタンを上から何個か外すと、彼の胸元がちらりと見える。

ミルキーはそんな彼を見るだけで、身体が熱くなってきてしまった。

男性を色っぽいというふうに見たのは、これが初めてだった。よく判らないが、彼にむしゃぶりつきたくなるような気分になってきて、そんな自分に戸惑ってしまう。

「さあ、ミルキー。いい子だから、ドレスを脱ごうか」

リチャードはミルキーの手を取り、そこに立たせた。そして、背中のボタンを外し始める。やがて、ドレスが床に滑り落ちていった。以前は粗末な下着を手で隠したものだが、今の下着はフランス製のレースがふんだんについている豪華なものだ。しかし、リチャードにじっくりと見られて、頬が熱くなってくる。

「そんなに見なくても……」

「いや、見たくなってくるよ。君は下着姿でも人形のように可愛《かわい》い。……もっとも、ココは人形にしては育ちすぎているようだが」

　胸の谷間に指を差し入れられて、ドキッとする。

「君の胸を誰かが見る度《たび》に、これは私のものだと言いたくなってくるんだ」

　下着で持ち上げられた乳房を指でなぞられて、ミルキーは身体を震わせた。

「そうよ……。わたしの身体は……全部あなたのものよ」

　その代わり、あなたの身体も全部わたしのものだわ。

　ミルキーは陶然《とうぜん》としながら、彼のシャツの隙間《すきま》から覗《のぞ》く硬い胸板を見つめた。

「私のものだ……。君の何もかも……」

　リチャードはミルキーの下着を次々に取り去っていく。一糸《いっし》まとわぬ姿で、立っているのは恥ずかしい。しかも、今はまだ午前中だ。カーテンを開けているから、朝の光が部屋に差し込んでいて、身体の細部まで余すところなく見えてしまっている。

　それでも、この身体はもうリチャードのものだと思うから。

　彼の好きなようにしてもらっても構わない。

　リチャードは淫《みだ》らな目つきで柔らかいふたつの乳房を眺め、そっと手で持ち上げた。そして、軽くキスをされる。

　ビクンと身体が揺れる。彼のキスがどれほど威力を持っているのか、彼自身は知っているのだろう。願わくば、彼のキスもミルキーだけのものにしたかった。頬にキスくらいは許しても、唇へのキスはミルキー専用のものだ。

もちろん、こうして身体にキスするのも……。

彼の唇には魔法がかかっているのかと思うほど、ミルキーはどこにキスされても気持ちよくなってしまう。

彼はミルキーをベッドに横たえた。そして、ミルキーの横に座ると、赤い薔薇を手にした。

ミルキーは目を瞠《みは》った。

彼は薔薇の花で乳房を弄《いじ》り始めたのだ。

柔らかい花弁がミルキーの肌を撫でていく。それから、乳房の形を綺麗《きれい》になぞっていった。

お仕置きにしては、あまりにも気持ちのいいお仕置きだった。彼は乳首にその花をちょこんと押し当てるような仕草をした。

「あ…んっ…ぁ……」

「声を出してはいけない」

「だって……くすぐったい……あんっ」

彼は唇に人差し指を当てて、しーっと言った。

「静かに。声を我慢できたら、君が私の身体を同じようにして遊んでもいいよ」

ミルキーは頭に浮かんだ光景に、胸を高鳴らせた。彼を裸にして、薔薇の花でくすぐってみたら、一体どうなるのだろう。

「いいわ。わたし、絶対声を出さないから」

リチャードはニヤリと笑った。

「頑張るんだな」

彼はまたミルキーの胸のふくらみを花弁でなぞっていく。甘い疼《うず》きが身体に湧き起こってきて、つい溜息のような声を出したくなってきた。が、唇を引き結び、我慢する。

身体にキスされるときほど感じるはずがないと思っていた。しかし、こういった悪ふざけのような愛撫にも、ミルキーの身体は感じてきて、すぐに下半身が熱くなってきてしまう。

ああ、ダメよ……。

次第にくすぐったさよりも、快感が上回ってくる。感じてしまえば、身体は反応する。ミルキーはもじもじと腰を動かした。

リチャードはミルキーの気持ちを見抜いたように、花弁を胸からお腹に移動させていった。

口を閉じておくのは難しい。特に、身体が蕩《とろ》けそうになってきているときには。

脚の付け根を愛撫《あいぶ》され、ミルキーの疼きは耐えられないほど大きくなっていた。もっと、大事なところに触れてほしい。思わず、ミルキーはすすり泣きのような声を出してしまった。

「……今のは？」

「い、今のはただの息よ！」

「ただの息、ね」

リチャードは太腿《ふともも》に花弁を這《は》わせていく。腰がビクビクと動いていて、声は出さずとも、完全に感じていることを白状しているのも同然だった。

まだ肝心《かんじん》なところには一度も触れられていないというのに、自分の身体がこんなに昂《たかぶ》っていることが、恥ずかしくて仕方がなかった。

たかが、薔薇の花で愛撫されただけで、こんなに感じるなんて……。

いや、たかが薔薇の花ではない。リチャードが手にしている薔薇の花であることが問題なのだ。

彼は花を両脚の間にそっと差し入れ、秘部に向かってすっと動かしていく。

「あぁあっ……」

間違えようもないほどはっきりと、ミルキーの口から甘い声が飛び出していた。

リチャードは微笑むと、薔薇をナイトテーブルに置き、ミルキーの両脚を押し上げた。秘所はすっかり蕩けきっているのが自分でも判る。

「大変なことになっているよ」

「た、大変なこと……?」

「信じられないほど濡れているってことだ。ほら、こんなに」

彼が指を内部へと差し入れてきた。

「あ……んっ……」

彼の指が驚くほどすんなりと中に吸い込まれていく。ミルキーは思わずその指を締めつけてしまった。

「指がこんなに簡単に入ってしまうなんて。もう、蜜《みつ》がどんどん溢《あふ》れてきて……なんて淫《みだ》らなんだろう」

「だ…って……あぁん……っ」

指を動かされると、ミルキーはたまらなくなって腰をくねらせた。恥ずかしいけれども、もうどうしようもない。そして、この快感をもっと味わいたかった。

「君はなんて可愛いんだろう」

「ど、どうして……可愛いなんて……」

快感に身体をくねらせているというのに、どうして彼が可愛いなどと言い出すのか、ミルキーは判らなかった。

「可愛くてたまらない。私のキスにも愛撫にもすべて応えてくれる。君のこんな反応を引き出すのは、私だけなんだ。……そうだろう？」

「ええ……」

ミルキーは頷《うなず》いた。

敏感な珠を弾くように触れられて、ミルキーはビクンと大きく身体を震わせた。

「だって……あなたのものだもの……」

他の誰にも触れさせたりしない。それに、他の誰かにキスされても、こんなことをしたいなんて思わない。もちろん、その他のことも。

それは、リチャードを愛しているから。

ミルキーは彼を迎え入れたくなって、腰を前後に揺らした。

キスも愛撫も好きだが、それ以上にリチャード自身が欲しくてたまらない。

「ああ、早く……お願い」

彼を身体の奥で感じたかった。

リチャードは指を引き抜き、服を脱いでいく。それを見るだけでも、ミルキーの胸は高鳴った。彼の身体もとても綺麗だ。美しくて、そんな彼を独《ひと》り占《じ》めにできるのは、嬉しくて仕方ない。

すべて脱ぎ捨てた彼はミルキーを抱き締めてきた。熱い身体が触れ合い、擦れ合う。そして、彼はミルキーの両脚を広げて、己のもので貫いた。

「ん、あぁぁ…っ……！」

ミルキーは彼を自分の最奥まで取り込みたくて、腰を押し上げた。完璧《かんぺき》に二人の身体は重なり、ミルキーは感激のあまり泣きそうになってしまった。

「……どうして泣く？」

リチャードはミルキーの目元を指で拭《ぬぐ》った。

「だって……あなたとひとつになりたかったの……」

前にこんなふうに抱かれてから、ずっと……。結婚してからも、彼はミルキーを抱いてくれなかった。彼が身体を気遣ってくれているのは判っていても、やはりつらかったのだ。

こうしてひとつになれば、お互いの気持ちを確認できる。

わたしは誰よりも彼を愛してる。

そして、彼だって……。

こんなに深く強い愛情を感じる。ミルキーは幸せすぎて涙が出てしまうのだ。

リチャードが動いていくと、ミルキーはじんじんと痺《しび》れる身体が次第に高みへと押し上げられていくのが判った。

彼の硬いものがミルキーの敏感な内壁を刺激している。もう、たまらなかった。ミルキーは蕩ける身体を持て余してしまい、彼に腰を押しつける。

「もっと……ああ、もっと……」

ミルキーはいつの間にかそんな言葉も口走っていた。

リチャードの背中に手を回した。

ああ、もっと溶け合っていけたらいいのに。

ミルキーは彼を愛するあまり、彼の一部になりたかった。もちろん、そんなことは無理だと判っていても。

髪を乱し、必死にしがみつく。やがてミルキーは熱いうねりを感じて、背中をぐっと反らした。鋭い快感がミルキーの身体の芯から頭のほうへと貫いていく。

ミルキーは小さな悲鳴のような声を上げて、身体を強張《こわば》らせた。

彼はミルキーの身体をきつく抱き締めて、奥で熱を放つ。二人の体温も呼吸も鼓動も混じり合った。

「愛してる……リチャード……！」

ミルキーはそう言わずにはいられなかった。


快感の余韻《よいん》が去ったところで、リチャードはやっと身体を離した。

「大丈夫か？」

感じすぎて放心状態のミルキーに、彼はそっと声をかけてきた。

こんなに心配してくれるなんて……。

ミルキーは微笑んで、頷《うなず》いた。

「ええ、大丈夫。でも……嬉しかった。あなたが抱いてくれて」

彼は微笑《ほほえ》み、軽くキスをする。そして、自分の服を拾い、身に着けていく。

「もう……どこかに行くの？」

「森の中を捜索させているんだ。何か手がかりがあるかもしれない。それに、私が知らんふりしているわけにはいかないだろう?」

それはそうだ。しかし、手がかりが見つかるとは、ミルキーには思えなかった。

わたしを殺そうとしているのは、一体誰なのかしら。

ヘンリー夫妻が怪しいといっても、やはりすべてを失う危険を冒してまで、殺人計画を実行するだろうか。彼らはそれほど貧乏というわけではなく、それなりの暮らしをしているからだ。

それに、やはり殺すならミルキーよりリチャードのほうだ。

しかし、他に誰が……というと、思いつきすらしないのだった。

「じゃあ、わたしもついていくわ」

「馬鹿な! 君はしばらくここで休んでおくんだ」

「でも、もう元気になったわ。怖がってもいない。あなたが全部吹き飛ばしてくれたから」

明るく微笑みかけると、彼は何故だかふと視線を逸《そ》らした。

「とにかく、君は私の言うことを聞くんだ」

彼は頑固だ。何かというと、命令してくる。そういうところは、あまり好きではない。

でも……。

わたしのことを心配しているから、危険から守ろうとしてくれているのよ。つまり、わたしを愛してくれているから……。

ミルキーは身体を起こし、リチャードの手にそっと触れた。

「わたし、幸せだわ」

「……え？」

リチャードは驚いたように目をしばたたいた。いきなり話題が変わったので、話についていけないのだろう。

「つまり、こんなにわたしを心配してくれて……。わたしはあなたにこんなに愛されて、幸せだって言いたいの」

ミルキーは微笑みかけたのに、リチャードの顔は強張《こわば》った。視線はミルキーの目を避けて、さ迷っている。

普通、ここは『私も幸せだ』とか『当たり前だ』とか言うんじゃないの？

ミルキーは彼の表情に不安を抱いた。

どうして、何も言ってくれないのかしら。

彼はやっと口を開いた。

「私は君を愛していない」

ミルキーは一瞬聞き違えたかと思った。あまりにも小さな声だったからだ。

「今、なんて……」

「私は君を愛してなんかいない。それは君の勘違いだ」

「……嘘よ」

ミルキーは目を大きく見開いて、リチャードの目と視線を合わせようとした。が、彼はミルキーを見てはいなかった。

「嘘じゃない。だが、君は私の妻だし、大事に想っている。だから、君を殺そうとした犯人を捕まえなくてはならないんだ」

彼はそう言い放つと、クラヴァットと上着を摑んで、ミルキーに背を向けた。

そんな……！

わたしを置いて、どこへ行くの？

ミルキーは彼の背中に向けて、手を伸ばした。しかし、もう手が届かない。なんと声をかけていいか判らないまま、彼は寝室を出ていってしまった。

『私は君を愛してなんかいない』

『それは君の勘違いだ』

今聞いたばかりの言葉が、ミルキーの頭の中でぐるぐると回っている。

嘘よ……。

そんなこと、あるはずないわ！

あんなに二人の気持ちは通じ合っていると思っていたのに。

彼に愛情がないなんて……。

そういえば、ミルキーは愛していると言ってくれたが、彼は一度も言ってくれたことはない。それどころか、プロポーズしてくれたときも、彼はかなり冷静だった。

プロポーズしてくれたのだから、愛してくれているのだと思っていた。身体だけが目当てだなんて、自分の勘違いだったのだと。

そうではなかった。

彼はやはりミルキーの身体が目当てだったのだ。

けれども、それなら、どうして結婚までしたのか判らない。ちょうどいい相手だと思われたのだろうか。そんなことはない。自分は良家の令嬢ではなく、メイドだったのだから。

彼はリスクを冒してまで、ミルキーを花嫁にしたのだ。

それが愛ではなくて、なんだというの？

それとも……彼には別の理由があったのだろうか。

たとえば、ベル……。

ベルはミルキーに懐いていた。ミルキーは子供を相手にするのが得意だった。そして、彼はベルを可愛《かわい》がる気持ちがあるのに、どう扱っていいか判らなかった。

彼が求めていたのは、ベルの母親代わりだったのかもしれない。

ミルキーは惨《みじ》めだった。

ドレスや下着はベッドへの周囲に散らばったままで、自分は裸だった。

馬鹿みたい……。

彼を誘惑しよう、なんて。

涙が溢《あふ》れてきたが、ミルキーは止めることができなかった。


リチャードは森の中で犯人を探している従僕や庭師の一行に追いついたが、やはり犯人は逃げていて、手がかりすらなかった。

ヒューはあまり役に立たなかったようだが、そもそも犯人を捜すような訓練はしていない。ただ、何か不穏な空気は察知することができるし、そのおかげで、ミルキーを助けることができたのだ。

最初はミルキーが村の男達に襲われていたとき。そして、二度目は今回だ。

ふと、ミルキーが最初に襲われた理由はなんだったのだろうと思った。彼女の豊かな白い胸に目を奪われて、あのときは真剣に考えていなかった。あんな胸をしている娘が一人で森の中をふらふら歩いていたら、不埒《ふらち》な男に襲われることもあるだろうと思ったのだ。

あれは偶然だったのだろうかと、今になって疑問に思う。

リチャードは寝室に残してきたミルキーのことを思い出して、暗い気持ちになった。

彼女が自分を愛していることは知っていた。前にも彼女はそう口にしていたからだ。しかし、リチャードは男女間の愛情など信じてはいない。

自分の両親を含め、世の中には不幸な結婚をした人間はたくさんいる。特に、貴族ともなれば、爵位のために結婚するような場合もあるのだ。

そして、お互いに合わない男女が結婚した挙句《あげく》に起こることは、浮気だった。リチャードの父親は特にそれがひどかった。たくさんの女性と寝て、母親を悲しませた。そんな母もまた別に夫を愛していたわけではない。ただ、大っぴらに浮気されて、プライドが許さなかっただけだ。

両親の間には冷たい感情しかなかった。そもそも別居していたが、互いに顔を合わせても、碌《ろく》に話もしなかった。息子に対する愛情はあったのかというと、どうだろうと思う。母親はとりあえず自分のことを気にしてくれていたと思う。リチャードが母を求める気持ちに応えるほどではなかったが。母は妹のキャロラインのほうを愛していたのだ。

それはきっと、自分が男だったからだ。憎き夫の面影《おもかげ》がきっとあったのだろう。

父親に関しては、双方に愛情などなかったと自信を持って言える。父はただひたすら多情な人だった。浮気の相手全員を愛していたわけではないだろうが、愛していると相手に囁《ささや》いたことはたくさんあっただろう。

リチャードは今までどんな女性も愛したことはない。それでも、結婚後に浮気はしない。それだけは、自分でも絶対に許せないからだ。

ミルキーは私を愛していると言う……。

彼女の言う愛というものも、リチャードはあまり信じていなかった。まして、自分が彼女を愛しているなどということは、絶対にない。

ミルキーは可愛い。それはヒューに対する気持ちのようなものだ。もしくは、ベルや亡きキャロラインに対するものと同じかもしれない。けれども、決して男女間の愛情などではないのだ。

もちろん、多少、愛《いと》おしいという気持ちはある。彼女は自分の妻となった。殺されそうにもなったのだから、心配もする。

だが、それだけのことだ。決してこれは愛情などと呼ぶべきものではない。

リチャードは森から引き上げるとき、ミルキーともう一度話し合わなくてはならないことを考えていた。

彼女は命を狙われている。探偵に依頼はするつもりだが、それでも彼女をここに置いておくわけにはいかない。

この近辺に危険があるのなら、彼女をロンドンにやるべきだ。

そうだ。母のところなら、面倒も見てもらえる。ベルも一緒に行かせればいい。彼女にとっては、いい経験になるかもしれない。ずっと田舎《いなか》にいたのだから、都会はめずらしいものがたくさんあるし、きっと楽しいに違いない。

ふと、ミルキーの泣き顔が思い浮かんだ。

胸に何かぐっと迫るものがある。この感情なんなのだろう。よく判らないが、あまり深く考えたくなかった。

とにかく、ミルキーを遠ざけておこう。

そうすれば、リチャードも自分の不可解な感情にも向き合わずに済む。ミルキーを大事にしたいと思うあまり、何故か行き過ぎた行動を取ってしまうことの意味を考えずに済むのだ。

しかし、危険だからロンドンに行くように言っても、ミルキーが素直に従うだろうか。いや、元々の性格は素直だが、彼女は自分の身に迫っている危険について軽く考えているようなところがある。

さっきも、一緒に森に行こうと思っていたようだ。一体、何を考えているのだろう。確かに周りに人がいれば銃撃を受けるようなことは起こらないだろうが、それでもリチャードはミルキーを連れて、森の中で手がかりを探そうとは夢にも思わなかった。

本当にとんでもない。どれだけ自分が心配しているのか、判っていないのだろうか。

もし、彼女がロンドンに行くのを嫌がったら……。

そうだ。何か理由をでっち上げればいいのだ。彼女が自らロンドンに行くように仕向ける。

それが一番だった。

午後になり、ミルキーはベルと一緒に本を読んだり、庭でヒューと遊んだりしていた。

心の中ではリチャードの言葉によるショックをまだ引《ひ》きずっていたが、ベルには関係のないことだ。彼女の前では、いつものミルキーのままで、朗《ほが》らかに笑っていたかった。ベルを不安にさせても、いいことは何もない。

傷つくのは、わたしだけでいいわ……。

愛されていたと思い込んでいた自分が馬鹿だったのだ。結局のところ、それに尽きる。自分が彼を愛していたから、勝手に愛されているという幻想に飛びついてしまった。

でも、欲しいものは手に入れたじゃないの。

見目麗《みめうるわ》しい王子様のような夫。可愛い娘。穏やかで幸せな家庭。

わたしはリチャードに優しくされているベルを見て、羨《うらや》ましく思っていたわ。わたしにも優しくしてほしいって思った。その夢も叶ったじゃないの。

リチャードは優しい。身体《からだ》の心配もしてくれて、甘やかしてくれる。

でも……。

ないものねだりかもしれないが、愛が欲しかった。リチャードに愛してもらいたい。ミルキーは自分でも気がつかずに、愛情のない結婚をしてしまっていたのだ。

やがて、日が翳《かげ》ってきて、ミルキーはベルとヒューを連れて、屋敷に戻った。

ベルは家庭教師と共に子供部屋に戻った。以前の彼女の家庭教師はベルと仲のいいミルキーを嫌っていたらしく、リチャードとミルキーの結婚を聞いた途端、辞めてしまった。今いる家庭教師はベルとの相性もいいようで、勉強もきちんと教えてくれ、世話も引き受けてくれる。

ミルキーは夕食のための着替えをしようと、自分の部屋に向かった。寝室からミルキーの部屋にも扉ひとつで行き来できるようになっている。そこには、衣装部屋もあり、今のミルキーはかなりの衣装持ちだった。小間使いを呼ぼうとしたら、リチャードが寝室のほうからふらりと入ってきた。

「ミルキー、話があるんだが」

リチャードはごく普通に話しかけてきた。

まるで、ミルキーに愛してないと告げたことなど、忘れたかのように。

実際、彼はもう忘れているのかもしれない。愛していないのだから、ミルキーの気持ちが判るはずがない。彼にとっては、ただ事実を告げたに過ぎないのだから。

ただし、言われたほうは、それでは済まない。心はまだ傷ついている。痛みがあり、血を流している状態なのに、リチャードと普通に話などできそうになかった。

「話って？」

ミルキーは彼のほうを見なかった。子供じみた態度かもしれないが、今はこうするしかない。

今まで両想いだと思っていたのが、片想いだったのだ。惨《みじ》めな気持ちを克服するには、長い時

たのに。

あんまり意外なことを言われたので、つい彼の顔を見てしまった。本当はまだ見たくなかった間が必要だった。

「明日、君はベルを連れて、ロンドンに向かってくれ」

「えっ……？」

リチャードはやはり午前中の会話などなかったかのように、落ち着いて話している。

「母の屋敷に行くんだ。……そうだな。しばらく滞在してくれ。私も仕事が終わり次第、ロンドンに向かうから」

「でも、どうして……いきなり……」

ミルキーは戸惑った。そんな話は今まで出たことはなかった。ドロシアがこの屋敷を発《た》つとき、いつでも遊びにきていいと言ってくれたことは覚えているが、そのときもこんな話は出なかった。

「状況が変わったからね。新婚旅行に行き損《そこ》ねたし、今は社交シーズンでもあるから、少しの間、君はロンドンを楽しむといい。いろいろ勉強になることもあるんじゃないかな。侯爵夫人として」

ミルキーは最後の一言が胸にグサリと突き刺さった。

彼は今のミルキーでは侯爵夫人として不足だと考えているんだわ！

もちろん、それは事実だ。貴族の花嫁になるような令嬢は、子供の頃からそんなふうに訓練を受けて育っている。それはベルを見ていたら判ることだ。だが、ミルキーは勉強するべき時期に、子守りをして働いていた。

侯爵夫人どころか、上流階級の人間としての常識に欠けている。勉強も足りない。レディとして、当たり前のこともできない。この間の結婚披露宴のために、一応、ダンスの特訓も受けたが、まったくの付《つ》け焼刃《やきば》で、あのダンスを披露せずに済んでよかったと思っているくらいだ。

それでも、リチャードの口からそう言われると、ミルキーはつらくてならなかった。

「花嫁修業ということかしら」

ミルキーはなるべく明るい口調で言った。そうしないと、泣いてしまいそうだったからだ。どんな人から悪口を言われても我慢する。しかし、愛する夫に欠点を指摘されれば、どうしようもなく傷ついてしまうのだ。

ああ、でも、結局のところ、それは事実だから。

そうではないなどと言えない。

「そうだな。私の妻として恥ずかしくない教養とマナーが必要だ」

彼は素っ気なく言った。

それなら、どちらも兼ね備えている令嬢と結婚すればよかったのではないだろうか。どうして、無理してまで、ミルキーと結婚したのだろう。

やはり……大切なのはベルだから？

ベルに気に入られたから、わたしは結婚してもらえたの？

今のリチャードは冷淡だった。まるで、最初に会ったときの彼のようだった。ひょっとしたら、ずっとミルキーを引き留めておくための芝居を、彼はしていたのかもしれない。愛しているように見せかけるための芝居だ。

しかし、あまりにも単純なミルキーが、本当に愛されていると確信していたものだから、彼は哀れになって、真実を告げたのかもしれなかった。

わたしの存在価値はベルの母親代わりとしてだけなの？　もしくは、ベッドの中だけ役に立つとか？

ミルキーは傷ついた上に、落ち込んだ。

「そう……。そうね……。社交シーズンにロンドンで勉強しなくてはね……」

ミルキーは明るく装うことすら忘れていた。呆然《ぼうぜん》と宙を見ながら、うわ言のように呟《つぶや》いた。

「ミルキー……」

彼は突然ミルキーに近づき、肩に手を置いた。肩を軽く揺すられて、ミルキーは彼に視線を向けた。

「つまり……ここにいては危険だから、ということもある。君はここにいないほうがいい。もちろん、ベルのことも心配だ」

「ええ……。ベルのこともね。きっとお義母様《かあさま》も喜ぶわ」

ミルキーは上の空のまま答えた。

夢見ていた生活が、音を立てて崩れている。ミルキーにはそうとしか思えなかった。

本当はロンドンなんかに行きたくない。この屋敷にいたかった。子供の頃はロンドンで暮らしていたが、今は田舎《いなか》暮らしのほうが合っていると思う。

この屋敷で、愛するリチャードとベルと共に、家族仲良く暮らすことが夢だったのに。

リチャードがせめて侯爵なんかでなければよかったのに。

わたしは貴族と結婚したいとは思っていなかった。お金持ちの暮らしをしたいわけでもなかった。舞踏会やパーティーといったものに憧れてはいたけど、そんなものがなくても生きていける。

わたしはこれから幸せになれるはずじゃなかったの……？

「ミルキー！」

気がつくと、リチャードがまた肩を揺すっていた。すると、ミルキーの頰《ほお》に涙が零《こぼ》れ落ちていく。それを見た彼の目が、何か痛ましげなものを見るような目つきに変わる。

「これは……君のためなんだ」

彼は重々しくそう言った。

ミルキーはただ頷《うなず》く。もう、言葉で出てこなかったからだ。

第五章

侯爵夫人は花嫁修業中

翌朝、ミルキーは興奮したベルと家庭教師、それから小間使《こまづか》い、用心棒代わりの従僕二人と共に、ロンドンのドロシアの屋敷へと向かった。

ドロシアへは、昨日のうちに、リチャードが手紙を持たせた従僕を旅立たせていた。ミルキー達一行が着く頃には、向こうの準備も整っているだろうということだったが、果たしてそうだろうか。

だって、あまりにも急すぎる。

ミルキーはヘンリー夫妻が急に屋敷に泊まると言い出して、使用人一同で大騒ぎしたことを、まだ覚えていた。もちろん、ドロシア宅はそこまで人手に困ってはいないだろうが、やはり寝室などを整えて、料理の準備もしなくてはならないのだ。ドロシア自身も、何か用事があったかもしれないのに。

やはり、唐突《とうとつ》だと言うしかない。

ロンドンに行くのは、本当に久しぶりで、碌《ろく》に旅をしたこともなかった。ベルや家庭教師、それから従僕のほうがよほど旅に慣れていて、ミルキーは彼らの言うとおりに宿屋で休憩をしたり、食事をしたりした。

そして、ロンドンに着いたのは、もう夜遅い時刻だった。

ロンドンの街はガス燈がついていて、夜なのに非常に明るかった。もちろん、ロンドンも場所によるだろう。ドロシアの屋敷のある地区は高級住宅地なので、道路もきちんと整備されているようだった。

ベルは馬車の中でもう寝入ってしまっている。ミルキーも疲れ果てていたが、まさか子供のように寝てしまうわけにはいかなかった。

リチャードがいてくれれば、安心なんだけど……。

今朝のリチャードはベルには優しかったが、ミルキーへの態度はなんだか慇懃無礼《いんぎんぶれい》な感じだった。思えば、彼は昨夜ベッドにも入ってこなかったのだ。居間のソファで寝たようで、そういったことにも、ミルキーは傷ついていた。

わたしが愛を告白したり、彼に愛を期待していたと知ったことで、何かが変わったのかしら。そうとしか思えない。それならば、ロンドンに向かわせられたのも、厄介払い《やっかいばら》いのようなものなのかもしれない。

それでも、ベルは一緒だ。それに、ドロシアとも仲良くなっている。それだけがミルキーには救いだった。

ドロシアの屋敷はたくさんの建物が並ぶ地域にあったが、彼女一人のための住まいのわりには大きかった。もちろん、使用人がいるのだから、完全に一人きりで暮らしているわけではないだろうが。

ミルキーがかつてロンドンで暮らしていたときは、もっと大きな家に住んでいたような気がする。しかし子供の頃の記憶だから、あまり当てにならない。確かに何自由なく暮らしていたものの、今それを懐かしがっても、なんの意味もないことだ。

こんな夜遅くなのに、ドロシアは起きて待っていて、歓迎してくれた。

「申し訳ありません。こんなに急にやってきてしまって……」

ミルキーはそう詫《わ》びるしかなかった。リチャードは手紙で事情を説明したのだろうが、突然の客としては、やはり気にしてしまう。

だが、ドロシアは笑みを浮かべると、ミルキーの手を取った。

「いいのよ。遊びにきてくれたら歓迎すると言ったじゃないの」

「でも……あの……リチャードの手紙に書いてありませんでした？」

彼女は眉《まゆ》をひそめた。

「あら、何を？」

「わたし、ここへは花嫁修業に来たんです」

「普通、花嫁修業というのは、花嫁になる前にするものではないの？」

「そうなんですけど、わたしの場合、そんな暇もなく結婚してしまったので。今になって、侯爵夫人にふさわしいマナーと教養を、ロンドンで身に着けるようにと、リチャードに言われたんです」

「まあ……そうなの！」

手紙にはそんなことは書かれていなかったのか、ドロシアは驚いているようだった。しかし、彼女はすぐに納得したように頷いた。

「そういうことなら、お手伝いするわよ。……判ったわ、花嫁修業ね。なかなか面白くなりそうだわ」

ドロシアは何故だか浮き浮きしたような口調で言うと、ミルキーに優しく微笑みかけた。

「わたしに任せてくれれば大丈夫よ」

「はい……。すみません。お願いします」

ミルキーはこれからのことを考えると、そんなに浮き浮きした気分にはなれなかったが、やらねばならないことなら、覚悟してやろうと思っていた。

「ともかく、疲れたでしょう？　お部屋を用意しているから、もうお休みなさい」

ミルキーはドロシアに感謝しながら、家政婦に部屋へと案内された。上品なワイン色で構成された落ち着いた部屋で、ミルキーはなんだかほっとする。ドロシアの厚意で風呂の用意がされていたため、小間使いが荷解きしている間に、旅の汚れを落とすことができた。

こういったことも、ドロシアが指示をしているからだ。女主人というのは、こういう気配りもできなくてはならないのだ。だから、ドロシアの屋敷に滞在することは、本当に侯爵夫人としての勉強になる。

リチャードがミルキーにここに行くように言ったのは、きっとこういう意味があったのだろう。

ミルキーは少し元気になってきた。湯に浸かって、気分がよくなったからなのかもしれない。なんだかロンドンで花嫁修業を頑張れるような気がしてきた。

濡れた髪や身体《からだ》を拭《ふ》き、ナイトドレスを身に着ける。そのとき、荷解《にほど》きが終わった小間使《こまづか》いが、メイドから受け取った熱いミルクを運んできてくれた。

「ありがとう。もう下がっていいわ。あなたも疲れたでしょう?」

小間使いはミルキーの世話をするのが仕事で、それで給金をもらっているのだが、礼儀は忘れたくない。彼女はにっこり笑って、ここで用意された部屋へ下がっていった。

ミルキーは小さなソファに座り、カップを手にした。

リチャードは今頃、何をしているかしら……。

もう寝ているかもしれない。それとも、書斎で仕事をしているだろうか。

わたしがいなくて淋しいと、少しくらい思ってくれている?

ミルキーは淋しかった。誰が一緒にいてくれたとしても、リチャードが傍にいるときとは違う。ミルキーは彼を崇拝《すうはい》し、愛していたから、彼がいればそれだけでよかった。

馬鹿みたいに崇拝していたものだけど。

ミルキーは胸の痛みをまだ抱えていた。もちろん、どうすることもできない。自分で乗り越えるしかなかった。

いつかはきっと、リチャードのことを考えても、何も感じないようになるに違いない。

それがいつなのか、見当もつかなかったが。

ミルキーはカップを置いた。身体が温まり、急速に眠くなってくる。ごそごそとベッドに入り、目を閉じる。

もういっそ、ミルキーは眠り姫にでもなりたい気分だった。


ドロシアはミルキーのよき先生になってくれた。

彼女はミルキーをあちこちのお宅に連れていって、紹介してくれたのだ。そこで、ひとつずつマナーを実地で学んでいった。もちろん、失敗もしたが、ドロシアは失敗しなければ身に着かないこともあると慰めてくれた。

初対面のドロシアはあれほどツンとしていたというのに。彼女は身内と定めた人間にこそ、とても優しくしてくれる性格のようだった。

オペラにも行った。芝《し》居にも連れて行ってもらった。けれども、どんな楽しい場所に出かけても、ミルキーの心を占めていたのは、リチャードのことだけだった。

リチャードに愛してもらえなかったことが、ミルキーの心を苦しめていた。しかも、こんなに苦しいのに、そのことを誰にも打ち明けられなかった。ドロシアに言って、どうなるだろう。田舎《いなか》育ちでメイドまでしていたミルキーが、侯爵に愛されているとは、誰も本気にしていなかったかもしれないのに。

愚かなことに、今でもミルキーはリチャードが恋しかった。彼は後からロンドンに来ると言っていたが、今も姿を現さない。あれから二週間にもなるのに、手紙さえ来なかった。

教養やマナーを身に着けるように言われたものの、あれは厄介払いの理由だったのだろう。愛してもいない花嫁から、鬱陶《うっとう》しく愛していると告げられたせいで、面倒くさくなったのだろうか。

それでも、ミルキーは侯爵夫人にふさわしいレディになれるように、日々、努力していた。昨夜は初めて舞踏会にも連れていってもらったのだ。

ロンドンに来て判ったことだが、侯爵邸で行われた結婚披露宴など、大した人数が集まっていたわけではなかった。舞踏会はもちろん主催する人によって、様々ではあったが、派手にできないのならしないほうがましというわけだろう。とにかく、すべてが派手できらびやかで、同時に馬鹿馬鹿しかった。

雇われた楽団が演奏をして、その音楽に合わせてダンスをする。ミルキーは、初めてのダンスはリチャードと踊りたかったのだが、見知らぬ男性に誘われてしまったのだから仕方がない。いや、ドロシアに紹介されたから、見知らぬ男性の範疇《はんちゅう》に入れてはいけないかもしれないが。

結局、これも勉強ということだろう。パートナーの男性はダンスが上手で、ミルキーはステップを思い出しながら、必死でついていった。楽しいとは、とても思えない。男性がエスコートして、元の場所まで連れて帰ってくれた後になって、ミルキーは彼とほとんど話もしていなかったことに気《き》がついた。話しかけられたから答えてはいたが、短い返事しかしなかった。

彼もきっと呆《あき》れていただろう。ミルキーはただステップのことしか頭になかったのだが、初対面の彼にそんなことが判るはずもない。なんて無作法《ぶさほう》な女だろうと思われてもおかしくない。

もっとダンスの練習をしなくてはいけないと、ミルキーは思った。しかし、ステップのことを気にせずに踊れたとしても、ああいう上流階級の男性とどんな話をすればいいのだろう。正直なところ、庭師と話すほうがずっと楽だ。気を遣わずに、思ったままを喋《しゃべ》ればいいからだ。

ミルキーは勉強すべきことがたくさんあった。ドロシアと行動を共にしていくうちに、自分に何が足りないのかを思い知らされてしまう。

リチャードの領地ではそんなことにも気づけなかった。ロンドンでは何もかもが違う。彼が望むのが洗練されたレディなら、ミルキーはそうならなくてはいけない。

だって、わたしはまだ彼を愛しているんだもの……。

淑女《しゅくじょ》に変身したわたしを見たら、ひょっとしたら彼も愛してくれるかもしれないわ。

愚かな考えだと判っている。彼はミルキーがメイドだったことを知っている。教養のない自分を知っているから、少しくらい淑女ぶったところで、興味は惹《ひ》かれても、愛したりするはずがない。

でも……。

ひょっとしたら……。

ミルキーはわずかな可能性にかけていた。そうでもしないと、つらくてたまらないから。

せめて、彼がロンドンに来てくれたら……。

彼の姿を思い浮かべただけで、涙が出てきそうになる。彼にキスされたい。彼に抱かれたい。

愛情が望めないなら、せめて身体だけでもいいとさえ、ミルキーは思いつめていた。

やがて、ロンドンに来て、三週間が経った。


その日、ドロシアはミルキーを買い物に誘ってくれた。

「ついでに、流行のドレスを仕立ててもらいましょう。田舎では保守的なものが好まれるけれど、ロンドンでは違うわ」

ミルキーもロンドンに来て、そのことを感じていた。舞踏会で見るドレスは、どれもかなり凝《こ》ったデザインのものばかりだった。

「でも、わたしはあまりお金を持っていないんです……」

もじもじしながら、ドロシアに本当のことを告げると、彼女は驚いたように眉を上げた。

「あなたの夫はとてもお金持ちなのよ。心配しないで。請求書をオーストン侯爵に回してもらうように言えばいいだけなんだから」

愛してもいない妻から回された請求書を、リチャードがどう思うだろう。しかし、花嫁になる前に、彼は大量のドレスを作らせ、身の回りのものから下着、靴《くつ》、装身具など、すべてのものを揃《そろ》えてくれた。それは、侯爵夫人として必要なものだったからだ。

それなら、流行のドレスの一枚くらい、仕立ててもらっても、リチャードも不快に思わないかもしれない。少なくとも、このロンドンでは必要なものだった。何しろ、ミルキーはレディ・オーストンという名で呼ばれていたからだ。

もっとも、ミルキー自身は、この新しい名前に馴染《なじ》んでいなかった。それに、他人からもそう思えるだろう。どこからどう見ても、ミルキーはレディ・オーストンにふさわしい姿をしていない。

田舎の小娘という陰口を叩かれていたことがあるが、ミルキーはまさにそうだった。その陰口を聞いたときはとても傷ついたが、少しして、それが正しい批評だと気がついた。だから、せめて外見を飾りたい。ミルキーの頭の一部では、それは馬鹿馬鹿しいことだと思っている。それでも、侯爵夫人として周囲に認められたい一心で、新しいドレスを作ることに決めた。

ドロシアはボンドストリートの中の店でも、贔屓《ひいき》にしている仕立て屋へ、ミルキーを連れていってくれた。ベルも一緒で、彼女のドレスを注文するのは、とても楽しかった。ミルキーが少女時代に憧れていたドレスを、ベルが着てくれると、何故だか自分の惨《みじ》めだったときの思い出も綺麗《きれい》に消えていくような気がしたからだ。

三人は椅子《いす》に座り、生地の見本やデザイン帳を見て、あれこれと話し合う。

「この生地だったら、あのデザインの帽子と合うんじゃないかしらね」

ドロシアが店の道路側の窓に飾ってある帽子のことを言った。ミルキーは帽子をもう一度見ようと、目を上げた。ところが、近くにいる年輩の女性がミルキーのことをじっと見ていることに気がつき、頬を赤らめた。

また、レディにふさわしくないことをしていたかもしれないと思ったからだ。

ミルキーが視線を逸《そ》らしたものの、彼女はこちらに近づいてくる。なんなのだろう。どんな無作法なことをしたのか、ミルキーは必死で考えたが、どうしても判らなかった。

「……ローズ？」

か細い声で名前を呼ばれて、ミルキーははっとしてその女性を見上げた。

顔には細かい皺《しわ》がたくさんあるが、とても上品な女性だ。ミルキーはその女性のことは知らなかったが、どこで見たことがあるような気がした。

「ローズでしょう？　あなた……ローズよね？」

再度、女性に問いかけられて、自分が本名で呼ばれていることに気がついた。

「ええ。でも……」

ミルキーは不意に彼女が誰なのか思い出した。

「お、お祖母様《ばあさま》？」

「そうよ！　ああ、あなたのお祖母様よ！」

ミルキーが思わず立ち上がるのと同時に、彼女は近づいてきた。そして、泣きながらミルキーを抱き締めてきた。

「ずっと……長い間、ずっと……あなたを捜していたのよ……。一体、どこにいたの？」

「だって……わたし、お祖母様は亡くなったって聞いたわ……。お祖父様《じいさま》もよ……」

ミルキーにそれを告げたのは、ダンカンだった。彼に引き取られて、祖父母に会いたいと泣いた日に、そう告げられたのだ。だから、もうおまえに行くところはないんだと、言われたのだった。

それは……嘘だった？

でも、どうして嘘をついたの？

ミルキーは混乱しながらも、自分を抱き締めてくれているのは、間違いなく母方の祖母だと判っていた。自分を可愛《かわい》がってくれ、愛してくれた祖父母は生きていて、ずっと自分を捜し続けてくれていたのだ。

ドロシアがそっと近づいてきた。

「レディ・ラーザス……。彼女はあなたのいなくなったお孫さんなのですか？」

ミルキーはドロシアを見て、それから祖母を見た。

「お祖母様は貴族なの？」

祖母は泣きながら頷《うなず》いた。

「そうですよ。あなたのお祖父様はラーザス伯爵」

「知らなかった……。わたし、何も……」

「あなたは小さかったから。あの男があなたの後見人だと言って、連れ去ってから、行方《ゆくえ》が判らなくなってしまって……。ああ、どれだけ捜したことか！」

あの男とはもちろんダンカンのことだ。どうしてそんなことをしたのは判らないが、ダンカンはミルキーと祖父母の絆《きずな》を無理やり断ち切り、遠くに連れていったのだ。

祖母がやっとドロシアのことに気づいて、視線を向けた。

「あなたは……レディ・オーストン……？」

祖母はドロシアのことを知っているのだ。とはいえ、あまり親しい仲というわけではないようだった。同じ上流社会に属しているから、顔見知りといった程度なのだろう。

ドロシアはにっこり笑った。

「今は彼女がレディ・オーストンですわ」

祖母は驚いたようにミルキーを見つめる。長らく会わなかった孫娘が、知らないうちに結婚までしていたのだ。それは驚くだろう。最後に会ったのは、両親の葬儀のときだったからだ。

祖母は少し落ち着いたのか、手提げ袋からハンカチを取り出し、涙を拭《ふ》いた。それでもまだ涙ぐむ目をミルキーに向けた。

「これから、うちの屋敷に来てほしいの。事情を知りたいし、お祖父様に会ってほしいのよ」

ミルキーはぱっと目を輝かせた。

お祖父様に会える……！

二人とも亡くなったと聞いていたから、自分が天国に行くまで、もう会えないものだと思っていた。けれども、本当に祖父が生きていて、会えるのだ。

「行きます！」

そう答えてから、ドロシアに目を向けた。彼女は微笑み、頷いてくれる。

「行ってらっしゃい。でも、ちゃんと帰ってくるのよ。お祖父様とお祖母様も一緒にね。わたしも事情を知りたいから」

「判りました」

ミルキーはドロシアに約束した。

ダンカンがどうしてミルキーを連れ去り、祖父母と会えなくしたのか判らないが、事実をちゃんと知っておきたかった。それに、自分にはあの薄情な叔父《おじ》の家族しか親戚《しんせき》がいないと思っていただけに、可愛がってくれていた祖父母が生きていてくれたことが嬉しくてならなかった。

それにしても、母が伯爵令嬢だったなんて……。

ミルキーは確かにメイドだったし、教養もないが、家柄はさほど悪くはなかったのだ。もちろん、家柄なんて、そこに生まれついただけのものだと、ミルキー自身は思っている。しかし、世間はそうはいかない。

侯爵夫人として、世間に、そしてリチャードに認めてもらいたい。その一心だった。

ミルキーは祖母と店を出た。祖母はミルキーの手をしっかりと握り、もう放したくない様子だった。

その必死さに、どれだけ自分を捜そうとしてくれたのかを感じて、ミルキーは泣きそうになる。

こんなに嬉しいことがあったなんて！

ミルキーには帰るところがあった。それは本当に嬉しいことだった。


リチャードは書斎で旧友であり探偵でもあるロバートに、依頼していた調査の結果を聞き、顔をしかめた。

「ミルキーはラーザス伯爵の孫娘だったのか……！」

ロバートはソファにゆったりと座り、傍に座るヒューの頭を撫《な》でている。どこにでもいるような風貌《ふうぼう》の彼が、かつて諜報《ちょうほう》の世界で活躍した敏腕《びんわん》の探偵だということを、多くの人は気づかないだろう。

「そうだ。だが、ミルキー・オニールという名だったら、すぐには判らなかっただろう。彼女が本名を覚えていてよかったな」

ローズ・オニール。オニール兄弟の出来のいい兄と、ラーザス伯爵の令嬢の間に生まれたのが、ローズ……つまりミルキーだったのだ。

ローズの父親は船会社を経営する実業家で、伯爵の孫娘と恋に落ちた。伯爵は反対したが、恋は燃え上がり、仕方なく二人の結婚を認めた。一方、ローズの叔父ダンカンは、兄に対していつも嫉妬《しっと》していたという。親から与えられたロンドンの小さな家でくすぶっていたくないと考えたダンカンは、兄の会社で働くようになった。が、その勤務態度から閑職《かんしょく》に回された。そのことで、周囲に愚痴《ぐち》を言い、兄を恨んでいたという。

ある日、兄夫妻が馬車の事故で亡くなった。馬が暴走し、馬車の一部が壊れたために、横倒しになり、中にいた人間はひとたまりもなかったという。遺言で、財産はすべて娘に残されていたが、後見人は弟のダンカンだった。ところが、ダンカンは彼女を連れて、行方をくらませた。

兄の会社は間もなく、会社の実権を握った弟が他の実業家に売り渡していた。その後、弟は小さな家を引き払い、どこかに消えた。その頃、兄の弁護士も消息が判らなくなっていたという。

しかし、実際には弟は遠く離れた場所に広大な土地を買い、金持ちの地主として暮らし始めたというわけだ。つまり、ミルキーに残された遺産を、彼は横取りしたということだ。弁護士もグルだったのだろう。二人は遺産を根こそぎ奪った。しかも、ダンカンはミルキーを厄介者《やっかいもの》扱いして、子守りの仕事をさせていた。

ところが、ダンカンは息子のマイケルが成人する頃になって、もうすぐミルキーも成人することに気づいたのだろう。本来は成人すればもらえるはずの遺産が何もないのだ。彼女は遺産のことなど何も知らないが、何かの拍子に自分の悪事が洩《も》れてしまうことを恐れていたのだろうか。そのため、マイケルとミルキーの結婚を画策したのかもしれない。

「この弁護士、半年後に自宅で首をくっているんだ。良心の呵責《かしゃく》に耐えかねて、ということかな。まだ三十代だったのに」

ロバートは書類をテーブルの上に置き、またヒューに手を伸ばした。

リチャードはミルキーの生い立ちに隠された謎が解明されて、すっきりすると共に、怒りも感じていた。ミルキーは碌《ろく》でもない男が後見人になったばかりに、ひどい半生を送ることになってしまったのだ。

そんな彼女に、リチャードは教養がないと指摘した。あれは彼女をロンドンに行かせるために言ったことだが、どれほど彼女を傷つけたことだろう。本来なら、彼女は幼い頃から家庭教師をつけられ、レディとなるべく躾《しつ》けられてきたはずだったのに。その機会を奪われたのは、彼女の責任ではなかった。

リチャードはダンカンに対する怒りが収まらず、ロバートに質問した。

「ミルキーというか、ローズが受け取るべき遺産は、かなりの金額だったのか？　その中で、どのくらい使い込んでいたんだ？」

「オニール兄弟は母親が違う。兄のほうは資産家の娘だった母親の遺産をもらって、裕福だったんだ。そして、自分の才覚で財産を作った。その上、伯爵令嬢の持参金もあった。相当な額だったが、ダンカンは金遣いが荒く、賭《か》け事もするので、ほとんど使い果たしている」

「道理で、ミルキーとの結婚に同意したら金を払うと言ったとき、喜んで承諾したはずだ」

ダンカンは呆《あき》れ果てた男だが、それだけではなかった。ロバートは話を続けた。

「だが、結婚式で、ローズ・オニールという名前を聞いた途端、あいつはこのままでは自分の悪事がいずればれることに気がついた。なんといっても、おまえは侯爵だから。ラーザス伯爵は、まだローズの行方を捜していたんだ。ローズという名と、母親そっくりの髪や目の色で、いずれ真相は明らかになる。その前に、ミルキーを殺してしまおうと画策した」

リチャードは溜息をついた。

ミルキーを狙っていたのは、ヘンリー夫妻ではなかった。ダンカンと、恐らくマイケルも加担していたのだろう。マイケルには悪い仲間もいる。仲間の一人が使用人に化けて、シャンパンにアヘンチンキを混ぜたものを、ミルキーのグラスに注いだのだろうと思っている。

そもそも、彼らはミルキーを、侯爵邸にメイドになれと追い出したが、本当はメイドにする気はなかったのではないだろうか。ミルキーは森の中で村の悪い連中に襲われかけた。あれもマイケルの仲間だとすると、彼女が泣きながらダンカンのところに帰ってくるように仕向けたのかもしれない。

あのとき、ミルキーを助けられたのは、本当に幸運だったのだ。

リチャードはそのことを神に感謝したかった。

「それで、どう決着をつけるつもりだ?」

ロバートは穏やかに尋ねてきた。

「もちろん、この書類を証拠にして、治安判事に突き出す。まず、横領の罪。これは確定だ。金額が大きいから、これだけでも、一生、牢屋《ろうや》から出てこられない。それから、殺人未遂《みすい》の罪。これはマイケルの仲間を調べれば、誰か口を割るだろう。それから……」

「それからって、まだあるのか?」

「ミルキーの両親は本当に事故だったと思うか?」

「ああ……。それを言ったら、弁護士も自殺だったかどうか……」

ひょっとしたら、それはすべて偶然だったかもしれない。いずれにせよ、問い詰めてみれば、白状するかもしれない。もう、何年も前のことだから、証拠は残っていないだろう。

もし、すべてがダンカンの仕業《しわざ》だったとしたら、あまりにも恐ろしい男だ。けれども、ミルキーを子守り扱いしていたとしても、生かしておいたのだから、少しは姪を可愛がる気持ちはあったのかもしれない。もっとも、自分の悪事が明るみに出そうになると、殺そうとしたわけだが。

「まったく、これを全部、ミルキーに話すのは大変だ。彼女は人をいいほうに解釈するような性格なんだ。叔父に使用人扱いされたことも、それほど恨んでいるわけではないようだった」

「ほう……。叔父さんを治安判事に突き出しても大丈夫なのか？　逆に、おまえのほうが恨まれたりしないか？」

ロバートの指摘に、リチャードは頭を抱えそうになった。

確かに、ミルキーはそんなところがある。とはいえ、彼女の生い立ちから順を追って、話していけば、ダンカンの悪事も信じるだろう。いくら、ふわふわな性格のミルキーでも、自分を殺そうとしていた叔父や従兄弟《いとこ》を、そんなによく思うはずがない。

ただ、叔父の家族については、同情的になるかもしれない。とはいえ、彼らが今までのような暮らしができないのは、仕方のないことだ。彼らはミルキーを犠牲にして、今までいい暮らしをしてきたのだから。ダンカンは土地の名士だのなんだのと呼ばれて、いい気になっていたに違いない。

だが、リチャードがこんなにミルキーのために怒りを感じても、ミルキー自身は悲しむだけで、怒ったりしないだろうと思うのだ。

そこが、彼女のいいところなのだが……。

急に、リチャードはミルキーに会いたくなってきた。もうずっと、彼女の顔を見ていない。

愛していないと告げて、彼女を泣かせた後に、追い打ちをかけるように、教養とマナーを身に着けてこいなどと言って、ロンドンに送り出してしまった。

　彼女はリチャードを恨んではいないだろう。しかし、絶対に悲しんでいる。

　ミルキーの泣き顔を思い出すと、リチャードは胸が締めつけられるような気がしてならなかった。

「ダンカンを逮捕させたら、私はロンドンに行って、ミルキーを迎えにいかなくては」

　ロバートは肩をすくめた。

「ずいぶん奥さんに参っているようだな。おまえは恋愛なんかしないと言っていたくせに」

「別に、愛しているとは言ってない」

　ロバートはクスッと笑って、傍らのヒューに話しかけた。

「おい、聞いたか？　おまえのご主人様は、最初から最後まで奥さんのことしか喋っていなかったぞ。それなのに、愛してないんだとさ」

　確かに、ロバートがこの屋敷に着いてから今まで、ミルキーの調査についてしか話していない。挨拶《あいさつ》すらしなかったように思う。しかし、自分の頭の中には、ミルキーのことしかなかったのだ。

「いや、でも……」

「おまえが父親みたいになりたくないのは判っている。だが、おまえの父は女好きだっただけで、誰一人として愛してなかった。誰かを愛していたら、蝶が蜜を求めるように、あちこち女の間を渡り歩いたりしない」

それはそうだ。しかし、リチャードは愛というものが、どういうものなのか、よく判らなかった。父親のようにはなりたくないと、それだけを思って生きてきた。自分を抑えつけ、感情によって動くことを禁じていた。

けれども、ミルキーに対してだけは、上手《うま》くいかなかったことを思い出す。

彼女が普通の女性と違っていたことが、原因かもしれない。顔は少女みたいなのに、身体《からだ》は間違いなく大人だった。まず、あの顔や身体に惹《ひ》きつけられ、気がつけば、彼女の性格の可愛らしさや真面目《まじめ》なところ、それから、優しいところに好意を持つようになっていた。

そして、彼女がマイケルとの結婚を強要されそうになったことを聞いて、怒りを感じた。

あれは……嫉妬《しっと》だろうか。

あのことを聞かなければ、リチャードはミルキーとの結婚を決めたかどうか判らない。いや、処女を奪ったのだから、結局は結婚することにしたかもしれない。あんなふわふわ空を飛ぶような頼りない性格のミルキーを、放っておくわけにはいかなかったのだ。

彼女を守ってやりたかった。不幸な生い立ちを経験していたから、幸せにしてやりたかった。

それから……。

彼女に私も幸せにしてもらいたかった。

そうだ。私は彼女を胸に抱いているとき、紛《まぎ》れもない幸福を感じていた。ずっと一生、彼女を胸に抱いていたいと思ったんだ。

ロバートは話を続けていた。

「おまえ、奥さんなしに生きていけるのか？」

リチャードは雷に撃たれたような衝撃を覚えた。

もし、ミルキーがいなかったら……。

彼女がロンドンに旅立ってから、この屋敷は火が消えたようになっていた。それは、明るい彼女がいないからだと思っていた。

だが、違う。彼女がいなくて、私は淋しかったんだ。

「奥さんが命を狙われていると知って、おまえは必死だっただろう？　それは、つまり……」

「私がミルキーを愛しているから……」

リチャードはやっとその事実を認めることができるようになっていた。

第六章

愛の証明

ミルキーは祖父母を連れて、ドロシアの屋敷に戻った。

ドロシアはラーザス伯爵夫妻とは面識があり、どうやら孫娘が行方《ゆくえ》不明だということまで知っていたらしい。そのおかげで、ドロシアに自分がどういう経緯で行方不明ということになったのかを、上手《うま》く説明できた。

「不思議よね。まさか、あなたがラーザス伯爵夫妻のお孫さんだったなんて。わたし、あなたのお母さんを知っていたわ。言われてみれば、髪や目の色はそっくりよ」

ドロシアにそう言われて、ミルキーは泣きそうになってしまった。今日一日だけで、亡くなった両親のことをたくさん思い出したからだ。

とはいえ、両親の顔はぼんやりとしか覚えていなくて、伯爵邸で肖像画を見て、改めてこういう顔だったと思い出したのだ。

祖父母はミルキーが小さい頃のこともたくさん話してくれた。

ミルキーがダンカンに連れられていった後のことを話すと、祖父は怒り、祖母は泣いた。祖父母はミルキーを引き取りたかったが、ダンカンが後見人に指定されているという遺書を見て、一旦引き下がったのだ。弁護士に相談し、なんとか養育だけは自分達のところでと願っていたが、まさかそのまま行方不明になるとは思わなかったという。

「ダンカンの奴め……！　わしらの孫娘を使用人扱いしおって！」

祖父は昔話をしているうちに、また怒りが再燃してきたらしい。ミルキーは祖父の隣に座り、腕に手をかけた。すると、祖父はたちまち笑みを見せる。

「おまえはエレンそっくりだ。本当に可愛《かわい》く育ったものだな」

ミルキーは母に似ていると言われると、嬉しかった。ダンカンの家にいたときは、心ない言葉をたくさん浴びせかけられていたからだ。特に、マイケルには。

「わたし、幸せよ。お祖父様《じいさま》とお祖母様《ばあさま》に、また会えると思ってなかったんだもの……」

ダンカンがどうして祖父母が死んでいるという嘘を言ったのか、ミルキーには判らないが、そんなことはどうでもよかった。十年も無駄にしたが、再会することができた。それだけでも嬉しい。

これもリチャードのおかげだわ！

彼が花嫁にしてくれなかったら、祖父母がいるような上流社会と関わることもなく、会うこともなかっただろう。それに、ロンドンに行くように言われなかったら、やはり会えなかった。

心は傷つけられたが、やはりリチャードには感謝したい。

ミルキーがそんなことを考えていると、執事が客間に入ってきた。

「侯爵様が到着されました」

その一言を聞いて、ミルキーは思わず立ち上がった。祖父母とドロシアがミルキーの反応に驚いているのに気づいて、頬《ほお》を赤らめて座る。

「まあ、まだ新婚ですものね」

ドロシアが笑いながらからかった。

ミルキーがリチャードを愛しているのは、ドロシアにももう判っているだろう。しかし、リチャードがそうでないことは、ドロシアはよく判っていないのではないだろうか。

これは、わたしだけの片想いなのよ……。

彼はミルキーの教養のなさを指摘して、ロンドンに追いやったのだ。あのときの悲しみはまだ癒《い》えていない。しかし、それでもミルキーは彼に会いたかった。

程なくして、リチャードが客間に颯爽《さっそう》と現れた。三週間ぶりで見る彼はやはり素敵で、ミルキーは飛びつきたくなったが、もちろん人前でそんなことはできない。それに、彼にしてみれば、そんな愛情を示されても迷惑なだけだろう。

彼はミルキーの祖父母を見て、ほんのわずか目を見開いた。

「ラーザス伯爵に伯爵夫人……。ミルキーのお祖父さんとお祖母さんですね」

ミルキーはそのことをリチャードが知っているとは思わなかったので、驚きの声を上げた。

「リチャード！　知っていたの？　わたし達、今日偶然に出会ったのよ」

彼はミルキーに視線を向けて、頷《うなず》いた。そして、一人掛けのソファに腰を下ろしした。

「ああ。君のことは探偵に調べさせたんだ。君が命を狙われたのは、君の生い立ちに何か関係があるかもしれないと思って」

それを聞いて、今度は祖父が驚いた。

「なんだって？　ローズが命を狙われたとは、どういうことだね？」

ミルキーは命を狙われたことなど、祖父母に出会えた嬉しさに比べれば、どうでもいいことだったので、まだ打ち明けていなかった。それに、ただでさえ興奮気味の二人に、そんな話は聞かせたくなかったからだ。

ロンドンに来てからは何も起こらなかったから、あまり真剣に考えていなかったこともあるが。ミルキーはロンドンで考えていたのは、ひたすら侯爵夫人としてふさわしいものを身につける花嫁修業のことばかりだった。

つまり、リチャードにふさわしい花嫁になりたかったのだ。彼の愛を得るために。

もっとも、今の自分からは、侯爵夫人らしさなど、まるっきり感じられないだろう。だいたい、ロンドンに来るなら、前もって知らせてくれればいいのだ。そうしたら、とても威厳に満ちた貴族らしい態度で、彼を迎えられたのに。

いや、ドロシアは知っていたのかもしれない。今日は大変な日だったから、ミルキーに伝え忘れていただけで。

ミルキーはリチャードが改めて祖父母に自己紹介をした後、事件について説明しているのをボンヤリ聞いていた。

「わしの可愛い孫娘が……。それで、犯人は捕まえたのか？」

「はい、治安判事に引き渡して、今は牢屋《ろうや》に入っています」

この返事を聞いて、ミルキーは口を挟んだ。

「犯人は誰だったの？」

「それは……君の叔父《おじ》さんと従兄弟《いとこ》だ」

それを聞いても、もう驚かないのは何故なのだろう。今日は驚くことがたくさんあったせいかもしれない。だが、祖父母にダンカンの非情さを聞いたとき、そういうことも辞さない男なのだという気はしていたのだ。

リチャードはみんなに探偵の調査報告と、それから導き出される結論について話をした。

まさか、わたしに残された遺産を、叔父様が横取りしていたなんて！

それを隠すために、マイケルと結婚させて、すべてを有耶無耶《うやむや》にしようとしていたのだ。

祖父は今更《いまさら》ながら悔やむような口調で言った。

「ダンカンは心のねじ曲がった奴だった。だが、おまえの父親はそれでもダンカンを信じようとしていた。あいつにもいいところがある、と。だから、あいつをおまえの後見人にしたんだろう」

「でも……叔父様もたまに優しいときはあったわ」

ミルキーがポツンとそう言うと、何故だかリチャードが溜息をついた。

「え、何かしら？」

「君はそう言うんじゃないかと思ったからだ。その叔父さんにこれだけひどい目に遭《あ》わされたというのに……！」

「それはそうだけど……」

「結婚式の日に、君は意識を失って、二日間も目を覚まさなかった！　君のベッドの傍で、このまま君を失ってしまうかもしれないと思って、恐ろしくてたまらなかった。そのときの私の気持ちが君は判るかい？」

彼に鋭い視線で見つめられて、ミルキーは言葉を失った。

まるで、彼はわたしを愛しているみたいだわ。

だが、そんなことはないのだ。彼がきっぱりと否定したのだから。

「……でも……あなたは……」

なんと言っていいか判らず、ミルキーは当惑した。ドロシアに助けを求めるように見たのだが、彼女はただ微笑んでいるだけだった。祖父は何故だか頭をぽりぽりとかいていて、祖母はハンカチを目元に当てつつ、口元は笑っている。

ミルキーは視線をリチャードに戻した。

彼はわたしになんと答えてほしいのかしら。

侯爵夫人にふさわしい受け答えがあるのだろうか。もしかしたら、これは彼なりの何かのテストかもしれない。

「えーと……死にかけちゃってごめんなさい……？」

「違う！」

一言で否定されてしまった。ミルキーは途方に暮れた。

「じゃ、じゃあ……心配してくれてありがとう……？」

「違うな」

ミルキーは首をひねった。

そもそも、なんの話をしていたのだろうか。なんだか判らなくなってしまった。

「もういい！」

リチャードは立ち上がると、ミルキーの手を摑《つか》んで立たせた。そして、客間にいる三人に目をやる。

「ミルキーと話してきます」

「ああ、そうするがいい」

祖父が頷《うなず》き、祖母とドロシアも同意する。ミルキーは訳が判らないまま、リチャードに連れられて階段を上り、気がつけば今まで入ったことのない部屋に入っていた。

「ここは……？」

ミルキーが使わせてもらっている客用寝室より広く、ベッドも大きい。男性的なインテリアで、ゆったりとした空間が広がっている。

「私の部屋だ」

ミルキーは遅ればせながら、レディはこういう場合にどういう会話をすべきかを考えた。それを披露して、リチャードに感心してもらわなくてはならない。

「……いいお部屋ね」

「まあ、悪くはない」

そんなふうに素っ気なく返されたら、会話が続かないのに。ミルキーはなんとか社交的な会話を続けようと努力してみる。

「ロンドンまでの道のりはどうだったの？　えーと……お天気とか？」

「天気はよかった」

ミルキーはソファを見て言った。

「座ってもいいかしら？　ああ、そうだ。喉《のど》が渇《かわ》いたんじゃないかしら。よかったら、紅茶でも……」

「ミルキー！」

鋭い声で名前を呼ばれて、ミルキーは凍りつく。懸命に、自分がどれだけ成長したか見せているつもりなのに、どうして叱《しか》られるのだろう。

ミルキーは彼に感心してもらいたかった。愛してくれなくても、せめて頑張ったことを認めてもらいたかったのだ。

それなのに……。

ミルキーは泣きたくなかったが、目から涙が溢《あふ》れ出てきてしまった。こんなふうに人前で感情を乱すことも、レディとしてはあまりよくなかったはずだ。だから、彼の前では泣かないと決めていたが、涙が勝手に出てくるものはどうしようもなかった。

「ミルキー……。泣くな」

リチャードは涙に動揺《どうよう》したように、頰にそっと触れてくる。ミルキーは泣きながら、彼に訴えた。

「わ、わたしのやり方が間違っているの？　これじゃ、まだレディって言えない？　でも……でも、もう、わたし……どうすればいいか……判らないっ」

「ミルキー……ミルキー……一体、何を言ってるんだ？」

「何って、花嫁修業の成果よっ……。あなたが……言ったのよ。侯爵夫人にふさわしい教養とマナーを身に着けるようにって」

「ああ……ミルキー……！　私が悪かった！」

ミルキーはリチャードにきつく抱き締められていた。涙に濡れた頰は、彼の硬い胸に押しつけられている。

彼に抱き締められると、それだけで涙が止まった。もう、自分がどうして泣いていたのかも判らなくなってくる。いや、自分の努力が認められなくて悲しかったが、それでも彼がこうして抱き締めてくれるなら、なんでもかまわなかった。

「わたし……ダメね。頑張ったんだけど、育ちが悪いからレディになんかなれないんだわ」

「そんなことは言うな！」

「だって……」

「君の育ちは悪くない。君はひどい環境の中でも、懸命に生きてきた。普通なら、心が曲がってしまって、ただ人を羨《うらや》むだけの人間になっていてもおかしくない。もしくは、自分の不幸を他人のせいにするような人間になっていたかもしれない。だが、君はそのどちらでもない。まっすぐに穢《けが》れなく、人を信じる心を持っていた」

ミルキーは彼がそんなに自分のことを褒めてくれるのを聞いて嬉しかったが、その反面、なんだかくすぐったかった。

「ちょっと褒めすぎじゃないかしら」

「これでも足りないくらいだ。本当は……君はそのままでいいんだ。変なレディごっこなんかしなくていい。当たり障《さわ》りのないことをダラダラ喋《しゃべ》る君なんて嫌だ」

「ええっ？　でも……」

「そうだ。私は君を傷つけた。教養やマナーが身についてないと批判した。でも、それは、君をロンドンに避難させたかったからなんだ。あそこにいると、君の身が危ないと思ったから」

それでは、彼があのとき言ったことは、嘘だったのだろうか。それなのに、ミルキーはそれを信じて、傷つき、リチャードのために立派な侯爵夫人として振る舞えるように努力しようと決心したのだった。

「そんな……。最初から本当のことを言ってくれればよかったのに」

「そうしたら、大人しくロンドンに行ってくれたか？」

ミルキーは想像してみた。

「……わたしだけ危険から逃げるわけにはいかないし、あなたの身も心配だし……」

「そう言い出すと思ったからだ。君は私の思惑どおりに素直にロンドンに行ってくれた。だが、君がそこまで本気でレディになるべく修業していたとは知らなかったんだ。……その、本当に悪かった」

ミルキーはやっと彼の嘘を許す気になった。謝ってくれる人に対して、いつまでも怒っていられない。

それに、やはりきつく抱き締められていると、怒りが薄れてくる。抱き締められることで、満足してしまうからだ。

「わたしも……悪かったわ。本当はあなたが客間に入ってきたとき、こんなふうに抱き締めてもらいたかったの」

「本当か？」

彼の声は掠《かす》れていて、それがとても魅力的に聞こえた。

愛してもらえなくても、せめて彼にこんなふうに抱き締めてもらえる存在でいたい。少なくとも、彼はわたしのことを心配してくれた。嘘をついてまで、危険から守ろうとしてくれた。

さっき、彼は言っていたじゃないの。

わたしを失うのが怖かった、と。

そんな気持ちを持ってくれるなら、もう充分だ。一緒に暮らしていれば、きっといつかは愛してくれる。

ねえ、そうでしょう？

彼の腕の力が緩《ゆる》んだので、ミルキーは夢見る瞳で彼を見あげた。

リチャードの銀灰色の瞳はとても真剣だった。彼には浮ついたところがどこにもない。真面《まじ》目《め》で堅実で、時にはそれが不機嫌そうに見えたり、怖く見えたりすることもある。だが、彼の本質はその裏に隠されている。

「聞いてくれ……。私の父親の話だ。どうしても君に聞いてもらいたい」

どうして、急に彼が父親の話をしたくなったのか判らない。彼は自分の生い立ちのことを、口にしたりしないからだ。ドロシアとの関係も、どこか距離を置いたもののようだった。決して冷たくはないが、家庭という場所で育まれてきたような親密なものは感じにくい。

リチャードはミルキーの肩を抱いて、ソファに誘った。そこに腰かけると、リチャードは話し始めた。

「私の父を一言で表すなら、浮気者だった。母とは互いの親が決めた結婚で、そもそも結婚などしたくはなかったのだろう。結婚して、やがて自分の親……つまり私の祖父母が他界した頃から浮気が始まった。だが、それは母を傷つけ、母は自尊心を守るために別居したんだ」

それが、この屋敷なのだろう。この屋敷が侯爵家のものかどうかは知らないが、彼女の城だとしか思えない。

ミルキーは躊躇《ためら》いながら口を挟んだ。

「あなたが何歳のときの話なの？」

「十歳くらいかな。幸い寄宿学校にいたから、あまり変わらない生活を送れた。ただし、学校が休暇に入って、家に帰ってみてから、母が出ていったことを知った」

「まあ……」

ドロシアは自分の息子が帰ってくるときくらい、家に戻っていればよかったのに。それもできないほど、夫とは憎み合っていたのだろうか。

「母が出ていったものだから、屋敷にはどこの誰とも知れないような女が出入りしていた。それは、とても淫《みだ》らな……子供にとって不快なものだった」

ミルキーは彼の告白に耳を塞ぎたかった。そんな子供時代を送っていたリチャードが気の毒すぎる。できることなら、ミルキーはその頃の彼を抱き締めてあげたかった。髪を撫《な》でて、キスをして、愛してあげたかった。

「オーストン侯爵の名はあのとき一度地に堕《お》ちた。父は都会が好きで、ロンドンにばかりいたから、私が爵位を継いで、一番先にしたことはその屋敷を処分することだった。もしかしたら、私を薄情に思うかもしれないが」

「いいえ……そんなこと」

ミルキーは彼の手をまさぐり、ギュッと握った。せめて今の彼を慰めてあげたい気持ちで、いっぱいだったからだ。

「私は学校の休暇のときは、母の屋敷に行くようになった。そこには、妹のキャロラインもいたから」

キャロラインはベルの母親のことだ。彼の生い立ちには悲しみが多い。聞いているだけで、つらくなってきてしまう。

「大学を出てから、私は自分で事業を起こした。父には頼りたくなかったからだ。もっとも、父は贅沢《ぜいたく》好きでもあって、金遣いが荒かったから、頼ったところで大した助けは得られなかっただろうが。私は金を貯め、裕福になり、父は借金漬けになった。侯爵邸もほったらかしで、最低限の維持だけがされている状態だった」

「わたし……覚えているわ。新しい侯爵様が屋敷に移ってきたって、村の噂になってた」

「極悪な侯爵……だったな。極悪と呼ばれるのにふさわしいのは、ヘンリーやダンカンだ」

不意に、ミルキーは思い出した。シャンパンにアヘンチンキが混ぜられていた事件のとき、まず疑われたのはヘンリー夫妻だった。だが、彼らは無関係だったのだ。あの殺人計画は空想上のものに過ぎなかったということだろう。

「ヘンリー夫妻のことを疑って悪かったわ」

「殺人に手を染めるには、彼らは上品すぎるんだろうな。彼らはただ、そうなればいいのにと願っていただけだ」

そう願うのも悪いことだが、実行するのとしないのとでは、まるで違う。

リチャードはミルキーが握っていた手を、口元に持ってきた。そして、ミルキーの指にキスをする。

彼の唇に触れた指先が、痺《しび》れたようになっている。そういえば、彼と再会してから、まだキスをしていない。ミルキーは彼の顔を見たが、キスをしてくれそうな気配はなく、ガッカリした。

そういえば、彼はミルキーと話をすると言って、ここに連れてきたのだ。ミルキーにキスをするためでも、ミルキーをベッドに連れ込むためでもない。寝室に連れてこられたから、こちらが勝手に期待していただけだ。

しかし、彼の眼差《まなざ》しは優しくて、愛していないと告げられたときの悲しみが少し和《やわ》らいだような気がする。

それにしても、彼は自分の生い立ちを話すために、ミルキーをここに連れてきたのだろうか。何か緊急の用事のような気がしていたが、今までの彼の話は急を要するような話ではなかった。

彼はまだ話を続けようとしている。

「父の恋愛沙汰《ざた》については、社交界では有名で、学生時代から私の耳に入ってきていた。それはもう……ひどかった。事件にまで発展しそうなことがたくさんあって、恋愛というものがそれほど人を愚かにするなら、私はそんなものは経験したくないと思っていた。実際、誰も愛することはなかった」

彼の言葉はミルキーの胸を抉《えぐ》った。もう、そんな話はしなくて済むと思っていたのに、彼はまたミルキーを愛していないと言うのかもしれない。

傷つけられるのは一度でいい。ミルキーは彼の手を放したが、今度は逆に彼のほうから手を握ってきた。

「……すまない。私は順を追って話したいんだ。もう少しだけ聞いてくれないか？」

彼がめずらしく頼んでいるので、ミルキーは断れなかった。また胸が張り裂けそうな気持ちになったとしても、やはり彼の話を聞かなくてはならない。思えば、彼がこんなに自分を曝《さら》け出していることもめずらしいのだ。他の誰でもなく、自分に心を開いてくれているのだから、それは嬉しいことなのかもしれない。

「父は女性を追いかけることに夢中になり、母はどこか冷淡だった。妹に対しては優しかったが、私は父と同類だと思われていたんだろう。今のような良好な関係になったのは、妹を亡くしてからのことだ。だから……私は恋愛に限らず、愛情というものを信じられずにいた」

「でも……あなたのベルに対する気持ちは、愛情のような気がするわ」

あの優しさは義務感だけではないようだった。確かに、ミルキーがメイドになりたての頃、彼のベルへの接し方はぎこちなかったが、どうやって接していいか判らなかったからだ。決して愛情がなかったわけではないと思う。

「そうだな。私は愛情とは違うと思っていたが……ベルを大事に想っていた。あんな可愛《かわい》い娘を嫌いにはなれない」

ミルキーは頷《うなず》いた。彼は愛情を信じていなくても、やはり彼の中に愛情はあるのだ。

「君と初めて会ったとき、私は君の胸が半分ほど見えていたことに動揺《どうよう》したと言ったら、笑うかい？」

「動揺しているようには見えなかったわ。すごく……すごくいやらしい目で見ていたもの！」

ミルキーはあのときのことを思い出して、少し笑った。今では笑い話だが、あのときはとてもショックだった。助けてくれた人にまで、胸をじろじろ見られることになるなんて。しかも、その人が侯爵本人だったのだ。

「私は君を一目で気に入っていたんだ」

今頃、そんなことを言われるとは思わなかった。嬉しいが、単純に喜んでいいものだろうか。

「わたしの胸を？」

リチャードは笑った。

「そうだな。特に君の胸は大好きだ。最初は身体《からだ》が忘れられないんだと思っていた。だが、気がつけば、私は君を目で追っていた。いつも気になって仕方がなかったんだ。君には苛々《いらいら》させられることもあったが、それでも惹《ひ》きつけられてしまって……」

彼の話を聞いているうちに、ミルキーはなんだか胸がドキドキしてきてしまった。

だって、彼はまるで愛の告白をしているようだから。

そうではないと知っていながらも、彼の気持ちを聞いていると、やはり嬉しいのだ。

「君と話していると、嫌なことを忘れられた。君は大らかで、すべてを包む優しさを持っていた。もし君が教養だのマナーだのにまだ惑わされているならはっきり言うが、そんなことは本当は大事ではないんだ。君の欠点にはならない。それを補っても余りある長所を持っているからだ」

彼があまりにも褒めるので、ミルキーは困ってしまった。そこまで褒められるほど、自分は大した人間ではない。

「でも、わたしはよく失敗をするし……」

「ああ。よく転んだりしているな。高価な花瓶《かびん》を割ったこともあった」

ミルキーは顔を赤らめた。侯爵邸に来たその日に大失敗をしたことを、彼はまだ忘れていないらしい。

「それでも、私は君を気に入った。それどころか、君が欲しくてならなかった。君と二人きりでいると、すぐに理性がなくなって……」

リチャードは少し顔を曇らせた。

「今日は正直な気持ちを告げようと思っているから、臆せずに言ってしまうと、あのときは自分の衝動が怖かった」

「怖い……？　あなたにも怖いものがあったの？」

「あるさ。私は女性に対して感情を乱されたりしたくなかった。常に冷静で、自分の行動を管理したかった。それなのに、君に対しては抑えも利《き》かない。君を抱いてはいけないと、どんなに頭で思ってみても、暴走してしまって……」

「でも、わたしも同じだったわ……。あんなことをしてはいけないと判っていたのに、どうしても……どうしても……あなたに抱かれたかったの」

リチャードが本音を口にしているのだと判ったから、ミルキーも同じように本音を話したのだが、なんだか恥ずかしかった。

「君も……そうだったんだ？　あれは私の誘惑に耐えられなかっただけかと思っていた」

「もちろん、誘惑されたけど……。本気で嫌だったら、抵抗していたわ」

彼はふっと笑った。

「そうだろうな。だが、私は君への気持ちは認めたくなかった。私を惑わす魔女のような君のことを、どう考えていいか判らなかった。ところが、そのとき、君の叔父《おじ》さんと従兄弟《いとこ》が来て、結婚の話をした。あのとき……正直な話、君があの男の餌食《えじき》になるところを想像しただけで、私は嫉妬《しっと》したんだ」

「まあ……。あなたが？」

ミルキーは彼が嫉妬してくれていたと知って、すっかり嬉しくなってしまった。彼はとても冷静にプロポーズをしてきて、そんな素振りも見せなかったのだ。それどころか、結婚の利点など並べ立てて、ロマンティックなものはなかった。

それなのに、彼の内心はそうだったのかと思うと、ミルキーは笑みを堪《こら》えることができなかった。そんなミルキーの頬《ほお》を、彼は指でつついた。

「こら。そんなに笑うな」

「だって……。わたしはあなたに翻弄《ほんろう》されてばかりだと思っていたのに、あなたもわたしに振り回されていたんだと思ったら……」

笑いの止まらないミルキーの耳を、彼は少し引っ張った。

「痛いわ」

「嘘だな。痛いはずはない」

実際、大して痛くはなかった。けれども、ミルキーは彼が今まで胸に秘めていたことをすべて喋《しゃべ》ってくれるのが嬉しくて、ふざけたい気分だったのだ。

「ともあれ、私は嫉妬にかられて、君を妻にすると決めた。君との生活を想像しては、幸せな気分になって、これは正しいことだと悦《えつ》に入《い》っていた。君はたくさん子供を産むだろうし、その子供をみんな可愛がるだろう。おまけに、君の身体まで手に入る、と……」

そんなふうに考えていたのかと思うと、ちょっと嫌だが、それでも結婚生活を想像して幸せな気分になってくれていたなら、ミルキーも文句はない。ただし、ミルキーのほうは、プロポーズしてくれるくらいだから、愛されているのだと思い込んでしまったのだ。

しかし、それを口にしたら惨《みじ》めになってしまう。それに、ミルキーを愛していないことを、リチャードが後ろめたく思うことになるかもしれない。

愛は誰にも強制できないものだ。彼がミルキーを愛せないからといって、非難はできない。ただ、とても傷ついたけれども。

「結婚式のとき……私は幸せだった。望みのものを手に入れたと思っていた。けれど、君が倒れて、眠り続けたあのとき……祈るような気持ちだった。いや、君を助けてほしいと、何度も神に祈ったよ。そして、君を失ってしまうかもしれないという恐怖や絶望と戦った」

「あなたは……怖かったって……」

さっき、彼はそのときの気持ちが判るかと、ミルキーに尋ねていた。

「ああ、怖かった。ただ、あのときはその理由が判らなかった」

「今は判るの？」

彼は重々しく頷いた。

「君を失ったら、私は生きていけないからだ」

今まで言われた言葉の中で、一番嬉しいものかもしれない。

リチャードはミルキーの頬にそっと触れた。彼の瞳が輝いていて、ミルキーはうっとりしてしまう。

今なら、愛していないと言われても、それほど傷つかないかもしれない。

「ミルキー……君を愛してる」

「えっ……？」

ミルキーは目をしばたたいて、彼の瞳の中を覗《のぞ》き込んだ。自分の耳に入ってきたものは、聞き違いだろうか。それとも、彼の言い間違いなのか。

まさか、彼の本音ではないだろう。

そう思ったのに、リチャードは蕩《とろ》けるような笑みを見せて、ミルキーを見つめている。

「で、でも……」

だって、そんなはずはないもの。

これが本当のこととは、とても思えない。ミルキーの声は驚きで掠《かす》れていた。

「やだ。わたし、耳がおかしいのかしら」

「いや、君の耳は正常だよ。愛しているんだ、ミルキー」

彼は再びそう言い、ミルキーの頬を両手で包んだ。

ああ、彼が愛してるって……。

これは現実なの？　夢の中の出来事じゃないの？

「愛していないと思い込んでいた。だから、君を悲しませてまで、そう言い張った。でも、本当はもっとずっと前から愛していたんだと思う」

彼の顔が近づいてくる。目を閉じると、唇が重なってきて、ミルキーはやっとこれが現実のことだと理解できた。

それと同時に、やっと嬉しさで胸がいっぱいになってきた。

また涙が零《こぼ》れてくる。けれども、これは嬉しい涙だ。いくら流しても、不幸にならない涙なのだ。

「信じられない……。本当に、本当に？」

「ああ。本当に本当に愛してる。だから、君ももう一度でいいから言ってくれ。君は……」

「愛してる！　本当に本当に本当に愛してる！」

二人の唇は重なり、舌は絡まり合う。もう離れたくない。しっかりと抱き合い、心ゆくまでキスしていたい。ミルキーはこのまま自分達が一対の彫像になっても構わないとまで考えてしまった。

キスが深まっていくと、身体もそれに比例して、熱くなってくる。ミルキーは彼がこの辺りでやめて、客間に戻ろうと言い出すに違いないと思っていた。彼は冷静で、ミルキーより決断

力があり、何事も制御できるはずだからだ。

ミルキーが処女を失ったあの日は別として、いつも理性的な判断をするのがリチャードだった。これ以上、キスをしていたら、客間に戻るどころか、ベッドに行く以外のことはできなくなってきてしまう。だから……。

けれども、リチャードは我を失ったように、キスを繰り返していく。どうしてもやめられないといった感じのキスで、ミルキーはたちまち理性を失っていった。

世界には、ミルキーとリチャードしかいないような気がしてくる。他の誰より、どんなものより彼が重要で、他のどんなことより彼とこうしていることのほうが大切に思えた。

ミルキーの頭の中には、もはやリチャードだけしかいない。

もっとキスしたい。もっと抱き合いたい。

けれども、それはリチャードも同じ考えだったようで、ミルキーを抱き上げると、ベッドへと連れていった。

「もう……止まらないよ。ミルキー……君が止めたかったら……」

「ダメ。やめないで」

久しぶりに会うということもあった、身体はまるきり制御不能だった。とにかく、彼と抱き合わなければ、我慢ができない。

「あなたが欲しいの……」

思わず本音を洩《も》らす。リチャードは唸《うな》るような声を出したかと思うと、また唇を塞いだ。ドレス越しでも、彼の昂《たかぶ》りが判ってしまう。彼もまた言葉に出さないものの、ミルキーが欲しくてたまらないようだった。

思えば、言葉より、行動やいろんなところに、彼の本心は隠れていたに違いない。ミルキーが今まで気づかなかっただけで。

いや、ずっと前から彼に愛されていると思い込んでいた。その直感は正しかったのだ。彼より、ミルキーのほうがよく判っていたとも言える。

リチャードの手が胸をまさぐっている。が、すぐに止まった。

「君はいろいろ身に着けすぎだ！」

メイド時代にはつけていなかったコルセットもつけているし、ボタンも背中に並んでいる。彼はミルキーの肌に触れたくてたまらないのだ。

「じゃあ、脱がせて……」

ミルキーが囁《ささや》くと、彼はギュッと抱き締めてから、ドレスを脱がす作業に没頭した。確かに、いろいろ着すぎている。けれども、彼は手軽にドレスの裾《すそ》をまくり上げるより、肌に触れたくて、脱がせていくのだ。

やがて、ストッキングとガーター以外のものはすべて脱がされてしまった。ミルキーは当然、それらも取り去られるのだろうと思ったのだが、彼はそこを撫《な》でたかと思うと、自分の服を脱ぎ始める。

「やだ……」

彼は怪訝《けげん》そうな顔で、頬《ほお》を染めたミルキーを見る。

「何が嫌なんだ？」

「だって、どうしてこれだけ残すの？」

彼はニヤリと笑った。

「色っぽく見えるからだ」

流し目のような視線を送られて、ミルキーは真っ赤になる。なんていやらしい目つきをするのだろう。夫婦の間で、今更《いまさら》かもしれないが、リチャードはミルキーの身体《からだ》にとても興味があるのだ。

彼のほうはズボンと下穿《したば》き以外は身に着けていない。しかし、それらも彼の股間《こかん》が勃《た》っているのを隠していない。その状態で、彼はミルキーの身体に覆《おお》いかぶさってきた。

「どうして……全部脱がないの？」

「君が楽しく想像できるように脱がないんだ」

そういえば、彼の股間はまじまじと見たことはない。いや、ちらりちらりとは見るものの、じっと凝視して観察するのは、行儀《ぎょうぎ》が悪いような気がしたのだ。

でも、彼はわたしの身体の隅々まで知っているのに？

それも、両脚を広げて、じっくり観察するのだ。指で触れて、唇と舌で味わっていく。それなのに、ミルキーが彼のものを碌《ろく》に見たこともないのは、不公平ではないだろうか。

「わ、わたしだって見たい……」

「え？　何が？」

ミルキーは頬を染めて、彼の股間にそっと触れてみた。とても硬い。更に指先で形をなぞろうとしたのだが、彼はビクッと身体を揺らして、ミルキーの手をそこから外した。

「ダメだ」

「どうして？　わたしだって触りたい」

自分からこんな主張したのは、初めてだと思う。いつも受け身でいたミルキーだが、愛していると告白されたことで、少し自信がでてきたのだろう。

彼は困ったような顔になったが、それでもぴしゃりと言う。

「ダメだ。触られたりしたら……私はもたないから」

「……もたないって？」

リチャードは溜息をついた。

「ミルキー、三週間も離れていたんだ。早く君の中に入りたい。少しでも早く君が欲しいんだ！」

やっとミルキーも理解できた。彼は我慢ができないのだ。

「じゃあ……いいわ。早く中に入って」

ミルキーはおずおずと自分で脚を広げてみせた。すると、彼はミルキーの両脚の間を見て、ゴクンと喉《のど》を鳴らした。

「ああ、ミルキー……！　君は素直すぎるよ」

褒めているのか、けなしているのか判らないが、彼はミルキーの股間に顔を埋めてきた。

「やだっ。そうじゃなくて……あっ…あぁんっ……」

すぐに彼自身が中に入ってくるのだと思ったのに、そうではなかった。彼は舌で愛撫《あいぶ》をして、指で触れてくる。

たちまち、ミルキーのそこは熱く蕩けてきて、ますます彼が欲しい気分になってきてしまった。

ミルキーは待ちきれなくて、腰を揺らした。けれども、内部に入ってきたのは、彼の指だけだった。

「う…あぁあっ…やぁ……」

ミルキーは頭を左右に振った。本当に嫌だというわけではないが、燃え上がった身体には物足りない。それでも、二本の指が中で動くと、ミルキーはたまらなかった。強制的に感じさせられているような気さえする。

彼の舌が敏感な箇所《かしょ》を舐めている。三週間も離れていたミルキーには刺激が強すぎて、あっという間に、ミルキーは達していた。

「あぁぁ……っ！」

たやすく陥落させられて、ミルキーは不満だった。もちろん身体は気持ちいいが、この程度のものを欲しかったわけではないからだ。

顔を上げたリチャードはミルキーの表情を見て、にっこり笑った。その顔がとても素敵で、ミルキーはすぐに彼を許す気になっていた。

彼はズボンと下穿《したば》きを脱いだ。そして、ミルキーの身体に覆いかぶさっていく。脚の間に彼の硬いものが当たり、まだ敏感になっている身体はビクンと大きく震えた。

「わ、わたし……」

「欲しいんだろう？」

リチャードは自分も欲しいくせに、もったいぶって、それを擦りつけていった。ミルキーの身体は達したばかりなのに、また燃え上がっている。

「ああ……欲しい。欲しいの！　早く……」

ミルキーが急《せ》かすと、彼もその答えに満足したのだろう。ミルキーの両脚を押し上げるようにして、自分の身体をねじ込んできた。

「はぁぁっ……んっ」

ミルキーは彼に強い力でしがみついた。

もう放したくない。離れたくない。

彼がやっとわたしのものになったのよ！

愛する喜びと、愛される喜びがひとつになり、ミルキーは幸せだった。自分だけではなく、この幸せを彼も感じていることを、ミルキーは確信していた。

やがて、彼は身体を動かしてきた。そして、左右の胸のふくらみに触れてくる。指で乳首を撫《な》でられると、ミルキーはたまらない気分になり、腰を蠢《うごめ》かせた。

「あ……もう……もうっ」

「ミルキー……そんなに締められたら……！」

「やぁ……ん……ぁぁっ……」

彼は猛然と動き始めて、そのときになって彼がもたないと言った意味がよく判った。気がつくと、ミルキーの身体は高みに押し上げられていた。そして、彼もぐっと腰を押しつけてきて、最奥で熱を放った。

「ミルキー……！」

彼は強く抱き締めてくる。だから、ミルキーも同じ強さで抱き返した。

二人はもうひとつだ。身体を離しても、魂がひとつになっている。

ミルキーはこの上ない幸せを感じて、力を抜くと、彼の背中をそっと撫でていった。

鼓動が鎮《しず》まり、ふと夢から覚めたような気分になって、ミルキーは目を開けた。

「あら、大変」

リチャードはすでに目を開けていて、ミルキーの髪を撫《な》でていた。

「何が大変なんだ？」

「わたし達……話をするにしては、長い時間、ここにこもっているわ。みんな、心配しているんじゃないかしら」

彼はクスッと笑って、ミルキーから身体を離した。が、ミルキーの横に転がり、再び身体を抱き寄せてくる。

「みんな、何をするつもりなのか判っていたと思うな。あの場で、私が愛の告白したのも同然のことを口走ったのに気づいていなかったのは、君だけだ」

「えっ……そ、そう？」

彼は何を言ったかしら。えーと……。

「君が死ぬんじゃないかと怖かった……と言った。それなのに、君は見当違いの返事をしたんだ」

ミルキーはあのときのことを思い出して、顔を赤らめた。

「だって、あのときは愛されていないと思っていたんだもの。あなたがやたらと攻撃的だから、教養もマナーも身につけたんだというところを見せたくて……」

リチャードはふと真顔になった。

「……ごめん。君を傷つけてしまって……」

「いいの。花嫁修業のことばかり考えていたから、ロンドンにいる間は命を狙われていることなんて忘れていたし」

彼は呆《あき》れたように目を丸くして、やがて笑った。

「君にはずっとひそかに警護をつけていたんだが、その分だと気がついてなかったようだな」

「あら……そうなの？」

「私は自分でも気づいてなかったが、君を愛していたんだ。ロンドンだって危険があるかもしれないのに、ほったらかしにするはずがないだろう？」

彼の愛の深さを感じて、ミルキーは胸が熱くなってくる。

「ああ……リチャード！」

ミルキーが擦り寄ると、彼が背中を撫でてくれる。肌と肌が触れ合うのが、とても心地いい。

何より、彼は愛してくれている。

そう。どんなものより、どんな人より、とても深い愛をわたしに捧げてくれているのよ。

胸が震えて、涙が出そうになるが、もう泣きたくない。

だって、幸せだもの。

涙を流すより、もっと大事なことをしたかった。

「リチャード……あなたを心から愛してるわ」

熱い気持ちを込めて囁《ささや》くと、リチャードは微笑《ほほえ》んだ。

「私も愛してる……。私の大事な花嫁さん」

熱い視線が絡まり合い、お互いが欲しくなってくる。

ああ、なんて幸せなの！

リチャードの顔が近づいてきて……。

二人はゆっくりと口づけを交わしていた。

あとがき

こんにちは。水島忍《みずしましのぶ》です。

『とろふわミルキー花嫁修業～ご主人様とメイド～』、いかがでしたでしょうか。今回はちょっと変わったタイトルですが、何故だかとても好評なんです。とろふわな雰囲気《ふんいき》のミルキーという名のメイドが、ご主人様の立派な花嫁になるために修業するというお話……う～ん、ちょっと違うけど、大雑把《おおざっぱ》に言うとそんな感じですよね。

今回はタイトルを先に考えてから、キャラやストーリーを作りました。最初は『とろふわミルク』だったので、ミルクという名にしていたんですが、さすがにミルクはどうかなと思って、可愛《かわい》くミルキーにしてみました。でも、ミルキーって名前、変じゃないかと思ったので、今度は「本名は別にある」という設定に。

『とろふわ』なんだから、絶対天然系の女の子だし、花嫁修業をするんだから、けなげなメイドさんがいいなーと。まあ、そんな感じで、どんどんストーリーを思いついて、最終的にこんな話が出来上がりました。

あと、イラストが『狼伯爵にキスのご褒美を』のときと同じ三浦《みうら》ひらく先生で、このときのヒロイン、リネットがとっても可愛いのに、おっぱい大きい感じに描かれてて、それがすっごく萌えだったんです〜。なので、今回も絶対、可愛い巨乳に描いてもらおうと思って、設定に盛り込みました。ふふふ。

いつもはストーリーを考えてから、キャラ設定や名前、タイトルを考えるのですが、今回はまったく逆でした。でも、こういう話の作り方も新鮮で面白かったです。

あ、これからネタバレかもしれないことを書きますので、先にあとがきを読む方は、ご注意を。まあ、大したネタバレでもないけど、念のため〜。

今回のカップルは、ご主人様とメイドということで、頑固な侯爵と天然メイドなのです。ミルキーの生い立ちはかなり不幸なのですが、どうも悲惨《ひさん》な感じがしません。ミルキーがとろふわな性格だからでしょうか。

意地悪な叔父《おじ》に子守り扱いされても、立派に子守りをしながら、それに染まることなく自分を保っていたし、メイドになったら懸命に働いてましたし、リチャードと結婚してからは侯爵夫人として認められたいがために頑張りました。運命に翻弄《ほんろう》されているのに、まったく悲壮感はなく、一途に努力しているんです。

リチャードに恋するときも、身分違いだからダメと何度も言い聞かせてますが、結局は一直線です。彼を愛しているとなったら、全身全霊で愛していますし、彼を危険から守りたいと考えます。プロポーズされたら舞い上がって、愛されていると確信して、彼を信じ切ってるし、こんないい子は滅多《めった》にいないですよ、侯爵様〜。

しかも、可愛くて、子供好きで、血の繋《つな》がりのない子でも可愛がるし、おまけにおっぱいも大きいんですよ。言うことなしでしょーが。

でも、リチャードは頑固すぎて、自分の愛が認められません。というか、恋愛未経験です、この人。森の中で襲われている彼女を助けたときに、ちらりと胸を見ただけで、恋に落ちます。意外と単純なのかもしれません。もちろん、ミルキーがとってもいい子で、優しくて、一生懸命だったからこそ、夢中になったわけですが。

彼はお父さんが浮気者だったから、自分もそうなるのではないかという恐れから、誰も愛したくなかったたし、愛せなかった。ミルキーからも本当は距離を保ちたかったのに、彼女がいなくては生きていけないほどに、のめり込んでいきました。

それなのに！　彼はミルキーを愛してないと思っていたという……。

気づけよって感じですが、なかなか気づかないんですよねー。あはは。

まあ、いろいろ事件も起こったりしましたが、結局、ミルキーの花嫁修業はあんまり意味がなかったみたいです。いや、半分は成功したのかな。ミルキーがリチャードに恥《はじ》をかかせたくなくて頑張ったことは、後々、報われると思います。ただ、リチャードを感心させたかったことについては、リチャード自身がミルキーの本質を理解しているから、意味がないんですよね。

なんにしても、二人はすっごく愛し合っていて、最後はバカップルみたいだったなーって……でも、お似合いの二人です。

さて、イラストのことですが、私の目論見《もくろみ》どおり、可愛いのにおっぱい大きくて、とってもとっても満足です。ああ、ミルキー、なんか可愛いんだろう！　萌《も》え萌《も》え～。別に私はおっぱいスキーな属性を持っているわけではないんですが、三浦先生の描かれるおっぱいは大好きです。……あ、いや、おっぱいだけじゃなくて、他の部分ももちろん可愛くて好きですよー。

リチャードは冷たい貴族様って感じですよね。最初はツンツン、後はデレデレですけど。ツンなリチャードも、デレなリチャードも格好よくて好きです～。いかにもお貴族様な感じがたまらんのです。

そんなわけで、三浦先生、素敵なイラストをどうもありがとうございました！

とろふわミルキーと頑固な侯爵様のお話、皆さんに楽しんでいただけたら嬉しいです。できれば、感想とか欲しいなあ。ぜひぜひお手紙とか、私のサイトにメールフォームがあるし、ツイッターもしてますから、感想を送ってくださいい～。

それでは、このへんで。

※この作品はフィクションです。実在の人物・団体・事件などにはいっさい関係ありません。

シフォン文庫をお買い上げいただき、ありがとうございます。
ご意見・ご感想をお待ちしております。

◆――あて先――◆
〒101-8050　東京都千代田区一ツ橋2-5-10
集英社 シフォン文庫編集部 気付
水島忍先生／三浦ひらく先生

とろふわミルキー花嫁修業
～ご主人様とメイド～

2014年2月9日　第1刷発行　シフォン文庫

著　者　水島忍
発行者　鈴木晴彦
発行所　株式会社集英社
〒101-8050東京都千代田区一ツ橋2-5-10
電話 03-3230-6355（編集部）
03-3230-6393（販売部）
03-3230-6080（読者係）
印刷所　株式会社美松堂／中央精版印刷株式会社

※定価はカバーに表示してあります

ISBN 978-4-08-670043-6 C0193

「触れてほしいなら、脚を広げるんだ」

水島 忍
イラスト／氷堂れん
Cf シフォン文庫

冷酷な父から、資産家の男を捕まえろと命じられたシャーロット。しかし、恋した相手は謎の紳士グリフィンだった。彼と一夜をともに過ごしてしまうが、そのことがなぜか社交界に知れ渡って!?